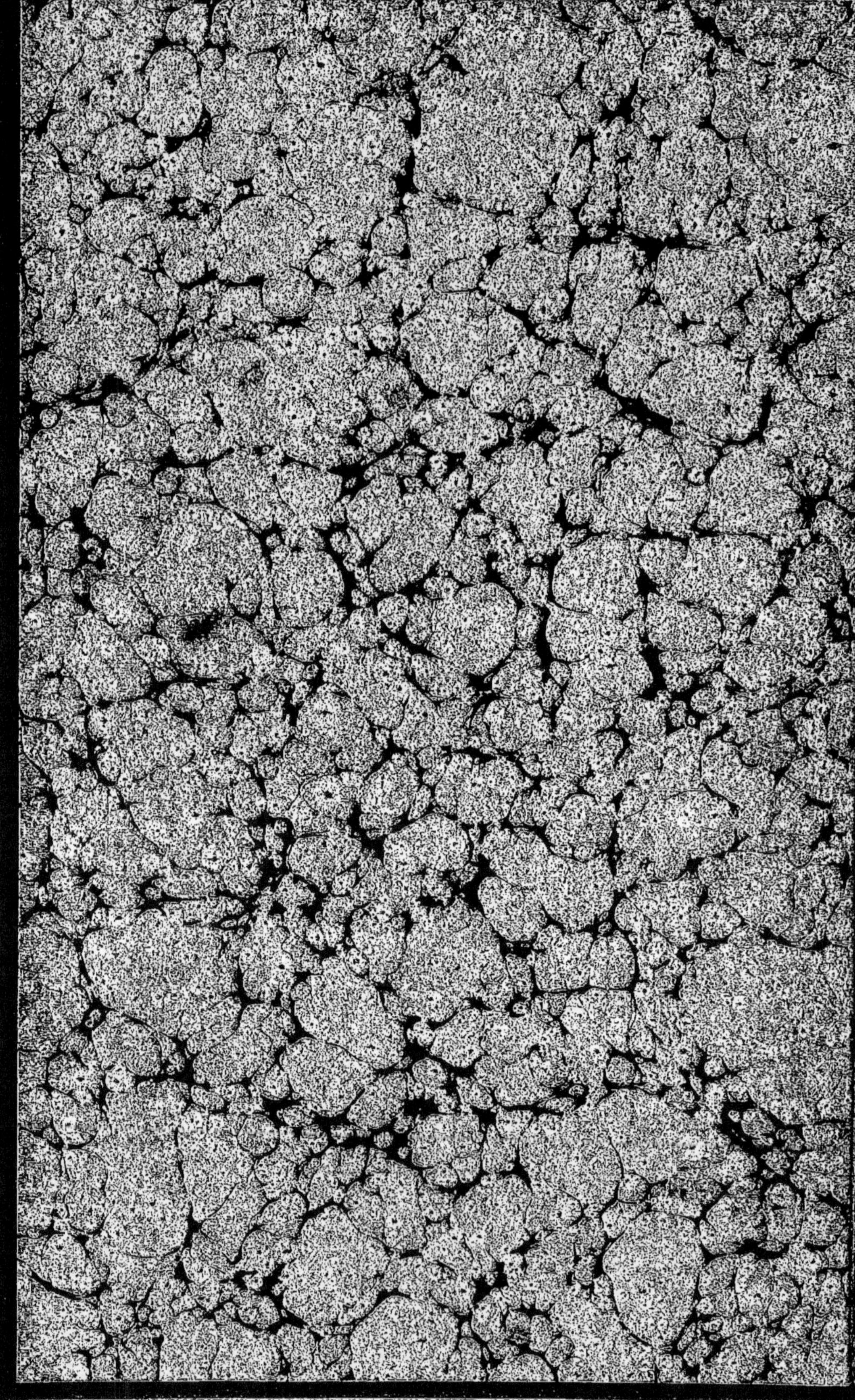

NOTES D'UN CURIEUX

Hier, à la salle 7, fin de la vente Legrand. Me Albinet y a dispersé une très intéressante série d'éditions originales de l'époque romantique, qui ont atteint de fort beaux prix. On a payé 755 fr. deux volumes de la *Muse française* (1823-1824), recueil contenant des pièces choisies de Victor Hugo, Vigny, Nodier, Delphine Gay, etc. ; 510 fr. et 560 fr. un exemplaire de *Carmen* et de la *Chronique du temps de Charles IX*, de Mérimée ; 1,150 fr. la *Confession d'un Enfant du siècle* ; 1,110 fr. *Frédéric et Bernerette* et les *Deux Maîtresses* ; 710 francs les *Contes d'Espagne et d'Italie* ; 1,800 fr. le *Spectacle dans un fauteuil* ; 410 fr. un exemplaire du *Livre d'amour*, avec une pièce autographe de Sainte-Beuve ; 500 fr. *Mademoiselle de La Seiglière* ; 1,355 et 1,360 fr. la *Chartreuse de Parme* et *Le Rouge et le Noir*, rel. de Mercier ; 980 fr. *Cinq-Mars* avec envoi autographe de Vigny ; 600 francs le poème de *Paris* ; 980 fr. les poèmes de *Héléna*, *La Somnambule*, *La Fille de Jephté*, *La Femme adultère*, etc., et 1,355 fr. *Servitude et Grandeur militaire*, de Vigny.

Le produit total de la vente s'est élevé à 228,715 francs.

L. R.

Gaulois du 11 Janvier 1912

Un Spectacle dans un fauteuil, d'Alfred de Musset, édition originale renfermant : *La Coupe et les lèvres*, *A quoi rêvent les jeunes filles*, *Namouna*, avec envoi de l'auteur à M. Nestor Roqueplan, 2,790 francs.

Un spectacle dans un fauteuil, d'Alfred de Musset, édition originale, Paris, Eugène Randuell, 1833, reliure maroquin rouge de Canape, 2,000 fr.

à Paul de Musset
son frère et son ami
Alfd Mt

UN SPECTACLE

DANS UN FAUTEUIL.

—

SECONDE LIVRAISON.

—

PARIS, IMPRIMERIE DE DECOURCHANT,
RUE D'ERFURTH, N° 1, PRÈS DE L'ABBAYE.

UN

SPECTACLE

DANS UN FAUTEUIL,

PAR

ALFRED DE MUSSET.

Prose.

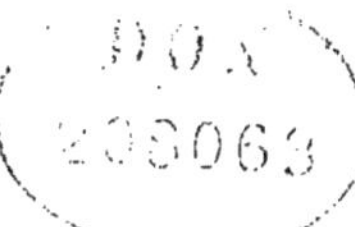

I.

PARIS,

LIBRAIRIE DE LA REVUE DES DEUX MONDES,

6, RUE DES BEAUX-ARTS.

LONDRES,

BAILLIERE, 219, REGENT-STREET.

1834

AVANT-PROPOS.

Gœthe dit quelque part, dans son roman de *Wilhem Meister*, « qu'un ouvrage d'imagination doit être » parfait, ou ne pas exister. » Si cette maxime sévère était suivie, combien peu d'ouvrages existeraient, à commencer par *Wilhem Meister* lui-même !

Cependant, en dépit de cet arrêt qu'il avait prononcé, le patriarche allemand fut le premier à donner dans les arts l'exemple d'une tolérance vraiment admirable. Non-seulement il s'étudiait à inspirer à ses amis un respect profond pour les œuvres des grands hommes; mais il voulait toujours qu'au lieu de se rebuter des défauts d'une production médiocre, on cherchât dans un livre, dans une gravure, dans le plus faible et le plus pâle essai, une étincelle de vie; plus d'une fois des jeunes gens à têtes chaudes, hardis et tranchans, au moment où ils levaient les épaules de pitié, ont entendu sortir des lèvres du vieux maître en cheveux gris, ces paroles, accompagnées d'un doux sourire : « Il y a quelque chose de bon » dans les plus mauvaises choses. »

Les gens qui connaissent l'Allemagne, et qui ont approché dans leurs voyages quelques-uns des membres de ce cercle esthétique de Weimar, dont l'auteur de *Werther* était l'âme, savent qu'il a laissé après lui cette consolante et noble maxime.

Bien que, dans notre siècle, les livres ne soient guère que des objets de distraction, de pures superfluités, où *l'agréable*, ce bouffon suranné, oublie innocemment son confrère *l'utile*, il me semble que si je me trouvais chargé, pour une production quelconque, du difficile métier de critique, au moment où je poserais le livre pour prendre la plume, la figure vénérable de Gœthe m'apparaîtrait avec sa dignité homérique et son antique bonhomie. En effet, tout homme qui écrit un livre est mu par trois raisons : premièrement, l'amour-propre, autrement dit le désir de la gloire; secondement, le besoin de s'occuper, et, en troisième lieu, l'intérêt pécuniaire. Selon l'âge et les circonstances, ces trois mobiles varient et prennent dans l'esprit de l'auteur la première ou la dernière place; mais ils n'en subsistent pas moins.

Si le désir de la gloire est le premier motif d'un artiste, c'est un noble désir, qui ne trouve place que dans une noble organisation. Malgré tous les ridicules qu'on peut trouver à la vanité, et malgré la sentence du *Misanthrope* de Molière, qui fait remarquer

Comme dans notre temps,
Cette soif a gâté de fort honnêtes gens,

Malgré tout ce qu'on peut dire de fin et de caustique sur la nécessité de rimer, et sur le « qui diantre vous » pousse à vous faire imprimer? » il n'en est pas moins vrai que l'homme, et surtout le jeune homme, qui, se sentant battre le cœur au nom de gloire, de publicité, d'immortalité, etc., etc., pris malgré lui par ce je ne sais quoi qui cherche la fumée, et poussé par une main invisible à répandre sa pensée hors de lui-même; que ce jeune homme, dis-je, qui, pour obéir à son ambition, prend une plume et s'enferme, au lieu de prendre son chapeau et de courir les rues, fait par cela même une preuve de noblesse, je dirai même de probité, en tentant d'arriver à l'estime des hommes et au développement de ses facultés par un chemin solitaire et âpre, au lieu de s'aller mettre comme une bête de somme à la queue de ce troupeau servile qui encombre les antichambres, les places publiques, et jusqu'aux carrefours. Quelque mépris, quelque disgrâce qu'il puisse encourir, il n'en est pas moins vrai que l'artiste pauvre et ignoré vaut souvent mieux que les conquérans du monde, et qu'il y a de plus nobles cœurs sous les mansardes où l'on ne trouve que trois chaises, un lit, une table et une grisette, que dans les gémonies dorées et les abreuvoirs de l'ambition domestique.

Si le besoin d'argent fait travailler pour vivre, il me semble que le triste spectacle du talent aux prises avec la faim doit tirer des larmes des yeux les plus secs.

Si enfin un artiste obéit au motif qu'on peut appeler le besoin naturel du travail, peut-être mérite-t-il plus que jamais l'indulgence : il n'obéit alors ni à l'ambition ni à la misère, mais il obéit à son cœur; on pourrait croire qu'il obéit à Dieu. Qui peut savoir la raison pour laquelle un homme qui n'a ni faux orgueil ni besoin d'argent se décide à écrire? Voltaire a dit, je crois, « qu'un livre était une lettre adressée aux » amis inconnus que l'on a sur la terre. » Quant à moi, qui ai eu de tout temps une grande admiration pour Byron, j'avoue qu'aucun panégyrique, aucune ode, aucun écrit sur ce génie extraordinaire, ne m'a autant touché qu'un certain mot que j'ai entendu dire à notre meilleur sculpteur, un jour qu'on parlait de *Childe-Harold* et de *Don Juan*. On discutait sur l'orgueil démesuré du poète, sur ses manies d'affectation, sur ses prétentions au remords, au désenchantement; on blâmait et on louait. Le sculpteur était assis dans un coin de la chambre, sur un coussin à terre, et, tout en remuant dans ses doigts sa cire rouge sur son ardoise, il écoutait la conversation sans y prendre part. Quand on eut tout dit sur Byron, il tourna la tête et prononça tristement ces seuls mots : « Pauvre homme ! » Je ne sais si je me trompe, mais il me semble que cette simple parole de pitié et de simpathie pour le chantre de la douleur en disait à elle seule plus que toutes les phrases d'une encyclopédie.

Bien que j'aie médit de la critique, je suis loin de lui contester ses droits, qu'elle a raison de maintenir, et qu'elle a elle-même solidement établis. Tout le monde sent qu'il y a un parfait ridicule à venir dire aux gens : Voilà un livre que je vous offre ; vous pouvez le lire, mais non le juger. La seule chose qu'on puisse raisonnablement demander au public, c'est de juger avec indulgence.

On m'a reproché, par exemple, d'imiter et de m'inspirer de certains hommes et de certaines œuvres. Je réponds franchement qu'au lieu de me le reprocher, on aurait dû m'en louer. Il n'en a pas été de tous les temps comme il en est du nôtre, où le plus obscur écolier jette une main de papier à la tête du lecteur, en ayant soin de l'avertir que c'est tout simplement un chef-d'œuvre. Autrefois il y avait des maîtres dans les arts, et on ne pensait pas se faire tort, quand on avait vingt-deux ans, en imitant et en étudiant les maîtres. Il y avait alors parmi les jeunes artistes d'immenses et respectables familles, et des milliers de mains travaillaient sans relâche à suivre les mouvemens de la main d'un seul homme. Voler une pensée, un mot, doit être regardé comme un crime en littérature. En dépit de toutes les subtilités du monde et *du bien qu'on prend où on le trouve*, un plagiat n'en est pas moins un plagiat, comme un chat est un chat. Mais s'inspirer d'un maître est une action, non-seulement permise, mais louable, et je ne suis pas de ceux qui font un reproche à notre grand peintre Ingres, de penser à Raphaël, comme Raphaël pensait à la Vierge. Oter aux jeunes gens la permission de s'inspirer, c'est refuser au génie la plus belle feuille de sa couronne, l'enthousiasme; c'est ôter à la chanson du pâtre des montagnes le plus doux charme de son refrain, l'écho de la vallée.

L'étranger qui visite le Campo-Santo à Pise s'est-il jamais arrêté sans respect devant ces fresques à demi effacées qui couvrent encore les murailles? Ces fresques ne valent pas grand'chose; si on nous les donnait pour un ouvrage contemporain, nous ne daignerions pas y prendre garde; mais le voyageur les salue avec un profond respect, quand on lui dit que Raphaël est venu travailler et s'inspirer devant elles. N'y a-t-il pas un orgueil bien mal placé à vouloir, dès ses premiers essais, voler de ses propres ailes? n'y a-t-il pas une sévérité injuste à blâmer l'écolier qui respecte le maître? Non, non, en dépit de l'orgueil humain, des flatteries et des craintes, les artistes ne cesseront jamais d'être des frères; jamais la voix des élus ne passera sur leurs harpes célestes sans éveiller les soupirs lointains de harpes inconnues;

jamais ce ne sera une faute de répondre par un cri de sympathie au cri du génie : malheur aux jeunes gens qui n'ont jamais allumé leur flambeau au soleil! Bossuet le faisait, qui en valait bien d'autres.

Voilà ce que j'avais à dire au public avant de lui donner ce livre, qui est plutôt une étude, ou, si vous voulez, une fantaisie, malgré tout ce que ce dernier mot a de prétentieux. Qu'on ne me juge pas trop sévèrement : j'essaie.

J'ai, du reste, à remercier la critique des encouragemens qu'elle m'a donnés, et, quelque ridicule qui s'attache à un auteur qui salue ses juges, c'est du fond du cœur que je le fais. Il m'a toujours semblé qu'il y avait autant de noblesse à encourager un jeune homme, qu'il y a quelquefois de lâcheté et de bassesse à étouffer l'herbe qui pousse, surtout quand les attaques partent de gens à qui la conscience de leur talent devrait du moins inspirer quelque dignité et le mépris de la jalousie.

[illegible]

[illegible]

[illegible]

LORENZACCIO.

Personnages.

ALEXANDRE DE MÉDICIS, duc de Florence.

LORENZO DE MÉDICIS (LORENZACCIO), } ses cousins.
COME DE MÉDICIS, }

LE CARDINAL CIBO.

LE MARQUIS DE CIBO, son frère.

SIRE MAURICE, chancelier des Huit.

LE CARDINAL BACCIO VALORI, commissaire apostolique.

JULIEN SALVIATI.

PHILIPPE STROZZI.

PIERRE STROZZI, }
THOMAS STROZZI, } ses fils.
LÉON STROZZI, prieur de Capoue, }

ROBERTO CORSINI, provéditeur de la forteresse.

PALLA RUCCELLAI, }
ALAMANNO SALVIATI, } seigneurs républicains.
FRANÇOIS PAZZI, }

BINDO ALTOVITI, oncle de Lorenzo.

VENTURI, bourgeois.

TEBALDEO, peintre.

SCORONCONCOLO, spadassin.

LES HUIT.

GIOMO LE HONGROIS, écuyer du duc.

MAFFIO, bourgeois.

DEUX DAMES DE LA COUR et UN OFFICIER ALLEMAND.

UN ORFÈVRE, UN MARCHAND, DEUX PRÉCEPTEURS et DEUX ENFANS, PAGES, SOLDATS, MOINES, COURTISANS, BANNIS, ÉCOLIERS, DOMESTIQUES, BOURGEOIS, etc., etc.

MARIE SODERINI, mère de Lorenzo.

CATHERINE GINORI, sa tante.

LA MARQUISE DE CIBO.

LOUISE STROZZI.

ACTE PREMIER.

Scène première.

Un jardin. — Clair de lune ; un pavillon dans le fond, un autre sur le devant.

Entrent LE DUC *et* LORENZO, *couverts de leurs manteaux;* GIOMO, *une lanterne à la main.*

LE DUC.

Qu'elle se fasse attendre encore un quart d'heure, et je m'en vais. Il fait un froid de tous les diables.

LORENZO.

Patience, Altesse, patience.

LE DUC.

Elle devait sortir de chez sa mère à minuit; il est minuit, et elle ne vient pourtant pas.

LORENZO.

Si elle ne vient pas, dites que je suis un sot, et que la vieille mère est une honnête femme.

LE DUC.

Entrailles du pape! avec tout cela, je suis volé d'un millier de ducats.

LORENZO.

Nous n'avons avancé que moitié. Je réponds de la petite. Deux grands yeux languissans, cela ne trompe pas. Quoi de plus curieux pour le connaisseur que la débauche à la mamelle! Voir dans un enfant de quinze ans la rouée à venir; étudier, ensemencer, infiltrer paternellement le filon mystérieux du vice dans un conseil d'ami, dans une caresse au menton; — tout dire et ne rien dire, selon le caractère des parens; — habituer doucement l'imagination qui se développe à donner des corps à ses fantômes, à toucher ce qui l'effraie, à mépriser ce qui la protége! Cela va plus vite qu'on ne pense; le vrai mérite est de frapper juste. Et quel trésor que celle-ci! tout ce qui peut faire passer une nuit délicieuse à Votre Altesse! Tant de pudeur! Une jeune chatte, qui veut bien des confitures, mais qui ne veut pas se salir la patte! Proprette comme une Flamande! La médiocrité bourgeoise en personne! D'ailleurs, fille de bonnes gens, à qui leur peu de fortune n'a pas permis une éducation solide; point de fond dans les principes, rien qu'un léger vernis; mais quel flot violent d'un fleuve magnifique sous cette couche de glace fragile, qui craque à chaque pas! Jamais arbuste en fleurs n'a promis de fruits plus rares, jamais je n'ai humé dans une atmosphère enfantine plus exquise odeur de courtisanerie.

LE DUC.

Sacrebleu! je ne vois pas le signal. Il faut pourtant que j'aille au bal chez Nasi : c'est aujourd'hui qu'il marie sa fille.

GIOMO.

Allons au pavillon, monseigneur. Puisqu'il ne s'agit que d'emporter une fille qui est à moitié payée, nous pouvons bien taper aux carreaux.

LE DUC.

Viens par ici, le Hongrois a raison.

Ils s'éloignent.

Entre Maffio.

MAFFIO.

Il me semblait dans mon rêve voir ma sœur traverser notre jardin, tenant une lanterne sourde, et couverte de pierreries. Je me suis éveillé en sursaut. Dieu sait que ce n'est qu'une illusion, mais une illusion trop forte pour que le sommeil ne s'enfuie pas devant elle. Grâce au ciel, les fenêtres du pavillon où couche la petite sont fermées comme de coutume; j'aperçois faiblement la lumière de sa lampe entre les feuilles de notre vieux figuier. Maintenant, mes folles terreurs se dissipent; les battemens précipités de mon cœur font place à une douce tranquillité. Insensé! mes yeux se remplissent de larmes, comme si ma pauvre sœur avait couru un véritable danger. — Qu'entends-je? Qui remue là entre les branches?

La sœur de Maffio passe dans l'éloignement.

Suis-je éveillé? c'est le fantôme de ma sœur.

Il tient une lanterne sourde, et un collier brillant étincelle sur sa poitrine aux rayons de la lune. Gabrielle! Gabrielle! où vas-tu?

Rentrent Giomo et le duc.

GIOMO.

Ce sera le bonhomme de frère, pris de somnambulisme. — Lorenzo conduira votre belle au palais par la petite porte; et quant à nous, qu'avons-nous à craindre?

MAFFIO.

Qui êtes-vous? Holà! arrêtez!

Il tire son épée.

GIOMO.

Honnête rustre, nous sommes tes amis.

MAFFIO.

Où est ma sœur? que cherchez-vous ici?

GIOMO.

Ta sœur est dénichée, brave canaille. Ouvre la grille de ton jardin.

MAFFIO.

Tire ton épée et défends-toi, assassin que tu es!

GIOMO saute sur lui et le désarme.

Halte là! maître sot, pas si vite!

MAFFIO.

O honte! ô excès de misère! S'il y a des lois à Florence, si quelque justice vit encore sur la terre, par ce qu'il y a de vrai et de sacré au monde, je me jetterai aux pieds du duc, et il vous fera pendre tous les deux.

GIOMO.

Aux pieds du duc?

MAFFIO.

Oui, oui, je sais que les gredins de votre espèce égorgent impunément les familles. Mais que je meure, entendez-vous, je ne mourrai pas silencieux comme tant d'autres. Si le duc ne sait pas que sa ville est une forêt pleine de bandits, pleine d'empoisonneurs et de filles déshonorées, en voilà un qui le lui dira. Ah! massacre! ah! fer et sang! j'obtiendrai justice de vous.

GIOMO, l'épée à la main.

Faut-il frapper, Altesse?

LE DUC.

Allons donc! frapper ce pauvre homme! Va te recoucher, mon ami; nous t'enverrons demain quelques ducats.

Il sort.

MAFFIO.

C'est Alexandre de Médicis!

GIOMO.

Lui-même, mon brave rustre. Ne te vante pas de sa visite si tu tiens à tes oreilles.

Il sort.

Scène deuxième.

Une rue. — Le point du jour.

Plusieurs masques sortent d'une maison illuminée; un MARCHAND DE SOIERIES *et un* ORFÈVRE *ouvrent leurs boutiques.*

LE MARCHAND DE SOIERIES.

Hé, hé, père Mondella, voilà bien du vent pour mes étoffes.

Il étale ses pièces de soie.

L'ORFÈVRE, bâillant.

C'est à se casser la tête! Au diable leur noce! je n'ai pas fermé l'œil de la nuit.

LE MARCHAND.

Ni ma femme non plus, voisin; la chère âme s'est tournée et retournée comme une anguille. Ah! dame! quand on est jeune, on ne s'endort pas au bruit des violons.

L'ORFÈVRE.

Jeune! jeune! cela vous plaît à dire. On n'est pas jeune avec une barbe comme celle-là; et cependant Dieu sait si leur damnée musique me donne envie de danser!

Deux écoliers passent.

PREMIER ÉCOLIER.

Rien n'est plus amusant. On se glisse contre la porte au milieu des soldats, et on les voit descendre avec leurs habits de toutes les couleurs. Tiens, voilà la maison des Nasi.

Il souffle dans ses doigts.

Mon porte-feuille me glace les mains.

DEUXIÈME ÉCOLIER.

Et on nous laissera approcher?

PREMIER ÉCOLIER.

En vertu de quoi est-ce qu'on nous en empêcherait? Nous sommes citoyens de Florence. Regarde tout ce monde autour de la porte;

en voilà des chevaux, des pages, et des livrées ! Tout cela va et vient, il n'y a qu'à s'y connaître un peu ; je suis capable de nommer toutes les personnes d'importance ; on observe bien tous les costumes, et le soir on dit à l'atelier : J'ai une terrible envie de dormir, j'ai passé la nuit au bal chez le prince Aldobrandini, chez le comte Salviati ; le prince était habillé de telle ou telle façon, la princesse de telle autre, et on ne ment pas. Viens, prends ma cape par-derrière.

Ils se placent contre la porte de la maison.

L'ORFÈVRE.

Entendez-vous les petits badauds ? Je voudrais qu'un de mes apprentis fît un pareil métier !

LE MARCHAND.

Bon, bon, père Mondella, où le plaisir ne coûte rien, la jeunesse n'a rien à perdre. Tous ces grands yeux étonnés de ces petits polissons me réjouissent le cœur. — Voilà comme j'étais, humant l'air et cherchant les nouvelles. Il paraît que la Nasi est une belle gaillarde, et que le Martelli est un heureux garçon. C'est une famille bien Florentine, celle-là !

Quelle tournure ont tous ces grands seigneurs ! J'avoue que ces fêtes-là me font plaisir, à moi. On est dans son lit bien tranquille, avec un coin de ses rideaux retroussé ; on regarde de temps en temps les lumières qui vont et viennent dans le palais ; on attrape un petit air de danse sans rien payer, et on se dit : Hé, hé, ce sont mes étoffes qui dansent, mes belles étoffes du bon Dieu, sur le cher corps de tous ces braves et loyaux seigneurs !

L'ORFÈVRE.

Il en danse plus d'une qui n'est pas payée, voisin ; ce sont celles-là qu'on arrose de vin et qu'on frotte sur les murailles avec le moins de regret. Que les grands seigneurs s'amusent, c'est tout simple, — ils sont nés pour cela. Mais il y a des amusemens de plusieurs sortes, entendez-vous ?

LE MARCHAND.

Oui, oui, comme la danse, le cheval, le jeu de paume, et tant d'autres. Qu'entendez-vous vous-même, père Mondella ?

L'ORFÈVRE.

Cela suffit ; — je me comprends. — C'est-à-dire que les murailles de tous ces palais-là n'ont jamais mieux prouvé leur solidité. Il leur fallait moins de force pour défendre les aïeux de l'eau du ciel, qu'il ne leur en faut pour soutenir les fils quand ils ont trop pris de leur vin.

LE MARCHAND.

Un verre de vin est de bon conseil, père Mondella. Entrez donc dans ma boutique, que je vous montre une pièce de velours.

L'ORFÈVRE.

Oui, de bon conseil, et de bonne mine, voisin ; un bon verre de vin vieux a une bonne mine au bout d'un bras qui a sué pour le gagner; on le soulève gaîment d'un petit coup, et il s'en va donner du courage au cœur de l'honnête homme qui travaille pour sa famille. Mais ce sont des tonneaux sans vergogne que tous ces godelureaux de la cour. A qui fait-on plaisir, en s'abrutissant jusqu'à la bête féroce? A personne, pas même à soi, et à Dieu encore moins.

LE MARCHAND.

Le carnaval a été rude, il faut l'avouer ; et leur maudit ballon m'a gâté de la marchandise pour une cinquantaine de florins [1]. Dieu merci! les Strozzi l'ont payé.

L'ORFÈVRE.

Les Strozzi! Que le ciel confonde ceux qui ont osé porter la main sur leur neveu! Le plus brave homme de Florence, c'est Philippe Strozzi.

LE MARCHAND.

Cela n'empêche pas Pierre Strozzi d'avoir traîné son maudit ballon sur ma boutique, et de m'avoir fait trois grandes taches dans une aune de velours brodé. A propos, père Mondella, nous verrons-nous à Montolivet?

L'ORFÈVRE.

Ce n'est pas mon métier de suivre les foires; j'irai cependant à Montolivet par piété. C'est un saint pélerinage, voisin, et qui remet tous les péchés.

LE MARCHAND.

Et qui est tout-à-fait vénérable, voisin, et qui fait gagner les marchands plus que tous les autres jours de l'année. C'est plaisir de voir

[1] C'était l'usage au carnaval de traîner dans les rues un énorme ballon qui renversait les passans et les devantures des boutiques. Pierre Strozzi avait été arrêté pour ce fait.

ces bonnes dames, sortant de la messe, manier et examiner toutes les étoffes. Que Dieu conserve Son Altesse! La cour est une belle chose.

L'ORFÈVRE.

La cour! le peuple la porte sur le dos, voyez-vous. Florence était encore (il n'y a pas long-temps de cela) une bonne maison bien bâtie; tous ces grands palais, qui sont les logemens de nos grandes familles, en étaient les colonnes. Il n'y en avait pas une, de toutes ces colonnes, qui dépassât les autres d'un pouce; elles soutenaient à elles toutes une vieille voûte bien cimentée, et nous nous promenions là-dessous sans crainte d'une pierre sur la tête. Mais il y a de par le monde deux architectes mal avisés qui ont gâté l'affaire, je vous le dis en confidence, c'est le pape et l'empereur Charles. L'empereur a commencé par entrer par une assez bonne brèche dans la susdite maison. Après quoi, ils ont jugé à propos de prendre une des colonnes dont je vous parle, à savoir celle de la famille Médicis, et d'en faire un clocher, lequel clocher a poussé comme un champignon de malheur dans l'espace d'une nuit. Et puis, savez-vous, voisin, comme l'édifice branlait au vent, attendu qu'il avait la tête trop lourde et une jambe de moins, on a remplacé le pilier devenu clocher, par un gros pâté informe, fait de boue et de crachat, et on a appelé cela la citadelle. Les Allemands se sont installés dans ce maudit trou, comme des rats dans un fromage ; et il est bon de savoir que tout en jouant aux dés et en buvant leur vin aigrelet, ils ont l'œil sur nous autres. Les familles florentines ont beau crier, le peuple et les marchands ont beau dire, les Médicis gouvernent au moyen de leur garnison ; ils nous dévorent, comme une excroissance vénéneuse dévore un estomac malade; c'est en vertu des hallebardes qui se promènent sur la plate-forme, qu'un bâtard, une moitié de Médicis, un butor que le ciel avait fait pour être garçon boucher ou valet de charrue, couche dans le lit de nos filles, boit nos bouteilles, casse nos vitres; et encore le paie-t-on pour cela.

LE MARCHAND.

Peste! peste! comme vous y allez! Vous avez l'air de savoir tout cela par cœur; il ne ferait pas bon dire cela dans toutes les oreilles, voisin Mondella.

L'ORFÈVRE.

Et quand on me bannirait comme tant d'autres! On vit à Rome aussi bien qu'ici. Que le diable emporte la noce, ceux qui y dansent, et ceux qui la font!

Il rentre. Le marchand se mêle aux curieux.

Passe un bourgeois avec sa femme.

LA FEMME.

Guillaume Martelli est un bel homme, et riche. C'est un bonheur pour Nicolo Nasi d'avoir un gendre comme celui-là. Tiens, le bal dure encore. — Regarde donc toutes ces lumières.

LE BOURGEOIS.

Et nous, notre fille, quand la marierons-nous?

LA FEMME.

Comme tout est illuminé! danser encore à l'heure qu'il est, c'est là une jolie fête! — On dit que le Duc y est.

LE BOURGEOIS.

Faire du jour la nuit, et de la nuit le jour, c'est un moyen commode de ne pas voir les honnêtes gens. Une belle invention, ma foi, que des hallebardes à la porte d'une noce! Que le bon Dieu protége la ville! Il en sort tous les jours de nouveaux, de ces chiens d'Allemands, de leur damnée forteresse.

LA FEMME.

Regarde donc le joli masque. Ah! la belle robe! Hélas! tout cela coûte très-cher, et nous sommes bien pauvres, à la maison.

Ils sortent.

UN SOLDAT, au marchand.

Gare, canaille! laisse passer les chevaux.

LE MARCHAND.

Canaille toi-même, Allemand du diable.

Le soldat le frappe de sa pique.

LE MARCHAND, se retirant.

Voilà comme on suit la capitulation! Ces gredins-là maltraitent les citoyens.

Il rentre chez lui.

L'ÉCOLIER, à son camarade.

Vois-tu celui-là qui ôte son masque? c'est Palla Rucellai. Un fier luron! Ce petit-là, à côté de lui, c'est Thomas Strozzi, Masaccio, comme on dit.

UN PAGE, criant.

Le cheval de Son Altesse!

LE SECOND ÉCOLIER.

Allons-nous-en, voilà le duc qui sort.

LE PREMIER ÉCOLIER.

Crois-tu pas qu'il va te manger?

La foule s'augmente à la porte.

L'ÉCOLIER.

Celui-là, c'est Nicolini; celui-là, c'est le provéditeur.

Le duc sort, vêtu en religieuse, avec Julien Salviati, habillé de même, tous deux masqués.

LE DUC, *montant à cheval.*

Viens-tu, Julien?

SALVIATI.

Non, Altesse, pas encore.

Il lui parle à l'oreille.

LE DUC.

Bien, bien, ferme!

SALVIATI.

Elle est belle comme un démon. — Laissez-moi faire, si je peux me débarrasser de ma femme.

Il rentre dans le bal.

LE DUC.

Tu es gris, Salviati ; le diable m'emporte, tu vas de travers.

Il part avec sa suite.

L'ÉCOLIER.

Maintenant que voilà le duc parti, il n'y en a pas pour long-temps.

Les masques sortent de tous côtés.

LE SECOND ÉCOLIER.

Rose, vert, bleu, j'en ai plein les yeux ; la tête me tourne.

UN BOURGEOIS.

Il paraît que le souper a duré long-temps : en voilà deux qui ne peuvent plus se tenir.

Le provéditeur monte à cheval ; une bouteille cassée lui tombe sur l'épaule.

LE PROVÉDITEUR.

Eh ! ventrebleu ! quel est l'assommeur, ici ?

UN MASQUE.

Eh ! ne le voyez-vous pas, seigneur Corsini ? Tenez, regardez à la fenêtre ; c'est Lorenzo, avec sa robe de nonne.

LE PROVÉDITEUR.

Lorenzaccio, le diable soit de toi, tu as blessé mon cheval.

La fenêtre se ferme.

Peste soit de l'ivrogne et de ses farces silencieuses! un gredin qui n'a pas souri trois fois dans sa vie, et qui passe le temps à des espiégleries d'écolier en vacance!

(Il sort.)

Louise Strozzi sort de la maison, accompagnée de Julien Salviati; il lui tient l'étrier. Elle monte à cheval; un écuyer et une gouvernante la suivent.

JULIEN.

La jolie jambe, chère fille! tu es un rayon de soleil, et tu as brûlé la moëlle de mes os.

LOUISE.

Seigneur, ce n'est pas là le langage d'un cavalier.

JULIEN.

Quels yeux tu as, mon cher cœur! quelle belle épaule à essuyer, tout humide et si fraîche! Que faut-il te donner pour être ta camariste cette nuit? Le joli pied à déchausser!

LOUISE.

Lâche mon pied, Salviati.

JULIEN.

Non, par le corps de Bacchus! jusqu'à ce que tu m'aies dit quand nous coucherons ensemble.

Louise frappe son cheval et part au galop.

UN MASQUE, à Julien.

La petite Strozzi s'en va rouge comme la braise; — vous l'avez fâchée, Salviati.

JULIEN.

Bast! colère de jeune fille, et pluie du matin...

Il sort.

Scène troisième.

Chez le marquis de Cibo.

LE MARQUIS, *en habit de voyage; la* MARQUISE; ASCANIO. — *Le cardinal* CIBO, *assis.*

LE MARQUIS, embrassant son fils.

Je voudrais pouvoir t'emmener, petit, toi et ta grande épée qui te traîne entre les jambes. Prends patience, Massa n'est pas bien loin, et je te rapporterai un bon cadeau.

LA MARQUISE.

Adieu, Laurent; revenez, revenez!

LE CARDINAL.

Marquise, voilà des pleurs qui sont de trop. Ne dirait-on pas que mon frère part pour la Palestine? Il ne court pas grand danger dans ses terres, je crois.

LE MARQUIS.

Mon frère, ne dites pas de mal de ces belles larmes.

Il embrasse sa femme.

LE CARDINAL.

Je voudrais seulement que l'honnêteté n'eût pas cette apparence.

LA MARQUISE.

L'honnêteté n'a-t-elle point de larmes, monsieur le cardinal? sont-elles toutes au repentir ou à la crainte?

LE MARQUIS.

Non, par le ciel! car les meilleures sont à l'amour. N'essuyez pas celles-ci sur mon visage; le vent s'en chargera en route : qu'elles se sèchent lentement! Eh bien! ma chère, vous ne me dites rien pour vos favoris? N'emporterai-je pas, comme de coutume, quelque belle harangue sentimentale à faire de votre part aux roches et aux cascades de mon vieux patrimoine?

LA MARQUISE.

Ah! mes pauvres cascatelles!

LE MARQUIS.

C'est la vérité, ma chère âme; elles sont toutes tristes sans vous. (Plus bas.) Elles ont été joyeuses autrefois, n'est-il pas vrai, Ricciarda?

LA MARQUISE.

Emmenez-moi.

LE MARQUIS.

Je le ferais si j'étais fou, et je le suis presque, avec ma vieille mine de soldat. N'en parlons plus; — ce sera l'affaire d'une semaine. Que ma chère Ricciarda voie ses jardins quand ils sont tranquilles et solitaires; les pieds boueux de mes fermiers ne laisseront pas de traces dans ses allées chéries. C'est à moi de compter mes vieux troncs d'arbres qui me rappellent ton père Albéric, et tous les brins d'herbe de mes bois; les métayers et leurs bœufs, tout cela me regarde. A la première fleur que je verrai pousser, je mets tout à la porte, et je vous emmène alors.

LA MARQUISE.

La première fleur de notre belle pelouse m'est toujours chère. L'hiver est si long! Il me semble toujours que ces pauvres petites ne reviendront jamais.

ASCANIO.

Quel cheval as-tu, mon père, pour t'en aller?

LE MARQUIS.

Viens avec moi dans la cour, tu le verras.

Il sort.

La marquise reste seule avec le cardinal. — Un silence.

LE CARDINAL.

N'est-ce pas aujourd'hui que vous m'avez demandé d'entendre votre confession, marquise?

LA MARQUISE.

Dispensez-m'en, cardinal. Ce sera pour ce soir, si Votre Eminence est libre, ou demain, comme elle voudra. — Ce moment-ci n'est pas à moi.

Elle se met à la fenêtre et fait un signe d'adieu à son mari.

LE CARDINAL.

Si les regrets étaient permis à un fidèle serviteur de Dieu, j'envierais le sort de mon frère. — Un si court voyage, si simple, si tranquille! — une visite à une de ses terres qui n'est qu'à quelques pas d'ici! — une absence d'une semaine, — et tant de tristesse, une si douce tristesse, veux-je dire, à son départ! Heureux celui qui sait se faire aimer ainsi après sept années de mariage! — N'est-ce pas sept années, marquise?

LA MARQUISE.

Oui, cardinal, mon fils a six ans.

LE CARDINAL.

Etiez-vous hier à la noce des Nasi?

LA MARQUISE.

Oui, j'y étais.

LE CARDINAL.

Et le duc en religieuse?

LA MARQUISE.

Pourquoi le duc en religieuse?

LE CARDINAL.

On m'avait dit qu'il avait pris ce costume; il se peut qu'on m'ait trompé.

LA MARQUISE.

Il l'avait en effet. Ah! Malaspina, nous sommes dans un triste temps pour toutes les choses saintes!

LE CARDINAL.

On peut respecter les choses saintes, et, dans un jour de folie, prendre le costume de certains couvens, sans aucune intention hostile à la sainte Église catholique.

LA MARQUISE.

L'exemple est à craindre, et non l'intention. Je ne suis pas comme vous; cela m'a révoltée. Il est vrai que je ne sais pas bien ce qui se peut et ce qui ne se peut pas, selon vos règles mystérieuses. Dieu sait où elles mènent. Ceux qui mettent les mots sur leur enclume, et qui les tordent avec un marteau et une lime, ne réfléchissent pas toujours que ces mots représentent des pensées, et ces pensées, des actions.

LE CARDINAL.

Bon, bon! le duc est jeune, marquise, et gageons que cet habit coquet des nonnes lui allait à ravir.

LA MARQUISE.

On ne peut mieux; il n'y manquait que

quelques gouttes du sang de son cousin, Hippolyte de Médicis.

LE CARDINAL.

Et le bonnet de la Liberté, n'est-il pas vrai, petite sœur? Quelle haine pour ce pauvre duc!

LA MARQUISE.

Et vous, son bras droit, cela vous est égal que le duc de Florence soit le préfet de Charles-Quint, le commissaire civil du pape, comme Baccio est son commissaire religieux? Cela vous est égal, à vous, frère de mon Laurent, que notre soleil, à nous, promène sur la citadelle des ombres allemandes? que César parle ici dans toutes les bouches? que la débauche serve d'entremetteuse à l'esclavage, et secoue ses grelots sur les sanglots du peuple? Ah! le clergé sonnerait au besoin toutes ses cloches pour en étouffer le bruit, et pour réveiller l'aigle impérial, s'il s'endormait sur nos pauvres toits.

Elle sort.

LE CARDINAL, seul, soulève la tapisserie et appelle à voix basse.

Agnolo!

Entre un page.

Quoi de nouveau aujourd'hui?

AGNOLO.

Cette lettre, monseigneur.

LE CARDINAL.

Donne-la-moi.

AGNOLO.

Hélas! Eminence, c'est un péché.

LE CARDINAL.

Rien n'est un péché quand on obéit à un prêtre de l'Eglise romaine.

Agnolo remet la lettre.

LE CARDINAL.

Cela est comique d'entendre les fureurs de cette pauvre marquise, et de la voir courir à un rendez-vous d'amour avec le cher tyran, toute baignée de larmes républicaines.

Il ouvre la lettre et lit:

« Ou vous serez à moi, ou vous aurez fait » mon malheur, le vôtre, et celui de nos » deux maisons. »

Le style du duc est laconique, mais il ne manque pas d'énergie. Que la marquise soit convaincue ou non, voilà le difficile à savoir. Deux mois de cour presque assidue, c'est beaucoup pour Alexandre; ce doit être assez pour Ricciarda Cibo.

Il rend la lettre au page.

Remets cela chez ta maîtresse; tu es toujours muet, n'est-ce pas? Compte sur moi.

Il lui donne sa main à baiser et sort.

Scène quatrième.

Une cour du palais du duc.

LE DUC ALEXANDRE *sur une terrasse; des pages exercent des chevaux dans la cour. Entrent* VALORI *et* SIRE MAURICE.

LE DUC, *à Valori.*

Votre Eminence a-t-elle reçu ce matin des nouvelles de la cour de Rome?

VALORI.

Paul III envoie mille bénédictions à Votre Altesse, et fait les vœux les plus ardens pour sa prospérité.

LE DUC.

Rien que des vœux, Valori?

VALORI.

Sa Sainteté craint que le duc ne se crée de nouveaux dangers par trop d'indulgence. Le peuple est mal habitué à la domination absolue; et César, à son dernier voyage, en a dit autant, je crois, à Votre Altesse.

LE DUC.

Voilà, pardieu, un beau cheval, sire Maurice! hé, quelle croupe de diable!

SIRE MAURICE.

Superbe, Altesse.

LE DUC.

Ainsi, monsieur le commissaire apostolique, il y a encore quelques mauvaises branches à élaguer. César et le pape ont fait de moi un roi; mais, par Bacchus, ils m'ont mis dans la main une espèce de sceptre qui sent la hache d'une lieue. Allons, voyons, Valori, qu'est-ce que c'est?

VALORI.

Je suis un prêtre, Altesse; si les paroles que mon devoir me force à vous rapporter fidèlement doivent être interprétées d'une manière aussi sévère, mon cœur me défend d'y ajouter un mot.

LE DUC.

Oui, oui, je vous connais pour un brave. Vous êtes, pardieu, le seul prêtre honnête homme que j'aie vu de ma vie.

VALORI.

Monseigneur, l'honnêteté ne se perd ni ne se gagne sous aucun habit, et parmi les hommes il y a plus de bons que de méchans.

LE DUC.

Ainsi donc, point d'explications?

SIRE MAURICE.

Voulez-vous que je parle, Monseigneur? tout est facile à expliquer.

LE DUC.

Eh bien?

SIRE MAURICE.

Les désordres de la cour irritent le pape.

LE DUC.

Que dis-tu là, toi?

SIRE MAURICE.

J'ai dit les désordres de la cour, Altesse; les

actions du duc n'ont d'autre juge que lui-même. C'est Lorenzo de Médicis que le pape réclame comme transfuge de sa justice.

LE DUC.

De sa justice? Il n'a jamais offensé de pape à ma connaissance, que Clément VII, feu mon cousin, qui, à cette heure, est en enfer.

SIRE MAURICE.

Clément VII a laissé sortir de ses états le libertin qui, un jour d'ivresse, avait décapité les statues de l'arc de Constantin. Paul III ne saurait pardonner au modèle titré de la débauche florentine.

LE DUC.

Ah! parbleu, Alexandre Farnèse est un plaisant garçon! Si la débauche l'effarouche, que diable fait-il de son bâtard, le cher Pierre Farnèse, qui traite si joliment l'évêque de Fano? Cette mutilation revient toujours sur l'eau, à propos de ce pauvre Renzo. Moi, je trouve cela drôle, d'avoir coupé la tête à tous ces hommes de pierre. Je protége les arts comme un autre, et j'ai chez moi les premiers artistes de l'Italie. Mais je n'entends rien au respect du pape pour ces statues qu'il excommunierait demain, si elles étaient en chair et en os.

SIRE MAURICE.

Lorenzo est un athée ; il se moque de tout. Si le gouvernement de Votre Altesse n'est pas entouré d'un profond respect, il ne saurait être solide. Le peuple appelle Lorenzo, Lorenzaccio : on sait qu'il dirige vos plaisirs, et cela suffit.

LE DUC.

Paix! tu oublies que Lorenzo de Médicis est cousin d'Alexandre.

Entre le cardinal Cibo.

Cardinal, écoutez un peu ces messieurs qui disent que le pape est scandalisé des désordres de ce pauvre Renzo, et qui prétendent que cela fait tort à mon gouvernement.

LE CARDINAL.

Messire Francesco Molza vient de débiter à l'Académie romaine une harangue en latin contre le mutilateur de l'arc de Constantin.

LE DUC.

Allons donc, vous me mettriez en colère! Renzo un homme à craindre! le plus fieffé poltron! une femmelette, l'ombre d'un ruffian énervé! un rêveur qui marche nuit et jour sans épée, de peur d'en apercevoir l'ombre à son côté! d'ailleurs un philosophe, un gratteur de papiers, un méchant poète, qui ne sait seulement pas faire un sonnet! Non, non, je n'ai pas encore peur des ombres. Eh! corps de Bacchus! que me font les discours latins et les quolibets de ma canaille! J'aime Lorenzo, moi, et, par la mort de Dieu, il restera ici.

LE CARDINAL.

Si je craignais cet homme, ce ne serait pas pour votre cour, ni pour Florence, mais pour vous, duc.

LE DUC.

Plaisantez-vous, cardinal, et voulez-vous que je vous dise la vérité?

Il lui parle bas.

Tout ce que je sais de ces damnés bannis, de tous ces républicains entêtés qui complottent autour de moi, c'est par Lorenzo que je le sais. Il est glissant comme une anguille; il se fourre partout, et me dit tout. N'a-t-il pas trouvé moyen d'établir une correspondance avec tous ces Strozzi de l'enfer? Oui, certes, c'est mon entremetteur; mais croyez que son entremise, si elle nuit à quelqu'un, ne me nuira pas. Tenez!

Lorenzo paraît au fond d'une galerie basse.

Regardez-moi ce petit corps maigre, ce lendemain d'orgie ambulant. Regardez-moi ces yeux plombés, ces mains fluettes et maladives, à peine assez fermes pour soutenir un éventail; ce visage morne, qui sourit quelquefois, mais qui n'a pas la force de rire. C'est là un homme à craindre? Allons, allons, vous vous moquez de lui. Hé! Renzo, viens donc ici; voilà sire Maurice qui te cherche dispute.

LORENZO monte l'escalier de la terrasse.

Bonjour, messieurs les amis de mon cousin.

LE DUC.

Lorenzo, écoute ici. Voilà une heure que nous parlons de toi. Sais-tu la nouvelle? Mon ami, on t'excommunie en latin, et sire Maurice t'appelle un homme dangereux, le cardinal aussi; quant au bon Valori, il est trop honnête homme pour prononcer ton nom.

LORENZO.

Pour qui dangereux, Eminence? pour les

filles de joie ou pour les saints du paradis?

LE CARDINAL.

Les chiens de cour peuvent être pris de la rage, comme les autres chiens.

LORENZO.

Une insulte de prêtre doit se faire en latin.

SIRE MAURICE.

Il s'en fait en toscan, auxquelles on peut répondre.

LORENZO.

Sire Maurice, je ne vous voyais pas; excusez-moi, j'avais le soleil dans les yeux; mais vous avez bon visage, et votre habit me paraît tout neuf.

SIRE MAURICE.

Comme votre esprit; je l'ai fait faire d'un vieux pourpoint de mon grand-père.

LORENZO.

Cousin, quand vous aurez assez de quelque conquête des faubourgs, envoyez-la donc chez sire Maurice. Il est malsain de vivre sans femme, pour un homme qui a, comme lui, le cou court et les mains velues.

SIRE MAURICE.

Celui qui se croit le droit de plaisanter doit savoir se défendre. A votre place, je prendrais une épée.

LORENZO.

Si on vous a dit que j'étais un soldat, c'est une erreur; je suis un pauvre amant de la science.

SIRE MAURICE.

Votre esprit est une épée acérée, mais flexible. C'est une arme trop vile; chacun fait usage des siennes.

Il tire son épée.

VALORI.

Devant le duc, l'épée nue!

LE DUC, *riant.*

Laissez faire, laissez faire. Allons, Renzo, je veux te servir de témoin; qu'on lui donne une épée.

LORENZO.

Monseigneur, que dites-vous là?

LE DUC.

Eh bien! ta gaîté s'évanouit si vite? Tu trembles, cousin? Fi donc! tu fais honte au nom des Médicis. Je ne suis qu'un bâtard, et je le porterais mieux que toi, qui es légitime? Une épée, une épée! un Médicis ne se laisse point provoquer ainsi. Pages, montez ici; toute la cour le verra, et je voudrais que Florence entière y fût.

LORENZO.

Son Altesse se rit de moi.

LE DUC.

J'ai ri tout-à-l'heure, mais maintenant je rougis de honte. Une épée!

Il prend l'épée d'un page et la présente à Lorenzo.

VALORI.

Monseigneur, c'est pousser trop loin les choses. Une épée tirée en présence de Votre Altesse est un crime punissable dans l'intérieur du palais.

LE DUC.

Qui parle ici, quand je parle?

VALORI.

Votre Altesse ne peut avoir eu d'autre dessein que celui de s'égayer un instant, et sire Maurice lui-même n'a point agi dans une autre pensée.

LE DUC.

Et vous ne voyez pas que je plaisante encore! Qui diable pense ici à une affaire sérieuse? Regardez Renzo, je vous en prie; ses genoux tremblent; il serait devenu pâle, s'il pouvait le devenir. Quelle contenance, juste Dieu! je crois qu'il va tomber.

Lorenzo chancelle; il s'appuie sur la balustrade et glisse à terre tout d'un coup.

LE DUC, riant aux éclats.

Quand je vous le disais! personne ne le sait mieux que moi; la seule vue d'une épée le fait trouver mal. Allons, chère Lorenzetta, fais-toi emporter chez ta mère.

Les pages relèvent Lorenzo.

SIRE MAURICE.

Double poltron! fils de catin!

LE DUC.

Silence, sire Maurice; pesez vos paroles; c'est moi qui vous le dis maintenant; pas de ces mots-là devant moi.

Sire Maurice sort.

VALORI.

Pauvre jeune homme!

LE CARDINAL, resté seul avec le duc.

Vous croyez à cela, monseigneur?

LE DUC.

Je voudrais bien savoir comment je n'y croirais pas.

LE CARDINAL.

Hum! c'est bien fort.

LE DUC.

C'est justement pour cela que j'y crois. Vous figurez-vous qu'un Médicis se déshonore publiquement, par partie de plaisir? D'ailleurs ce n'est pas la première fois que cela lui arrive; jamais il n'a pu voir une épée.

LE CARDINAL.

C'est bien fort, c'est bien fort.

Ils sortent.

Scène cinquième.

Devant l'église de Saint-Miniato à Montolivet.

La foule sort de l'église.

UNE FEMME, à sa voisine.

Retournez-vous ce soir à Florence?

LA VOISINE.

Je ne reste jamais plus d'une heure ici, et je n'y viens jamais qu'un seul vendredi [1]; je ne suis pas assez riche pour m'arrêter à la foire; ce n'est pour moi qu'une affaire de dévotion, et que cela suffise pour mon salut, c'est tout ce qu'il me faut.

UNE DAME DE LA COUR, *à une autre.*

Comme il a bien prêché! c'est le confesseur de ma fille.

Elle s'approche d'une boutique.

Blanc et or, cela fait bien le soir; mais le jour, le moyen d'être propre avec cela!

Le Marchand et l'Orfèvre devant leurs boutiques avec quelques cavaliers.

L'ORFÈVRE.

La citadelle! voilà ce que le peuple ne souffrira jamais; voir tout d'un coup s'élever sur la ville cette nouvelle tour de Babel, au milieu du plus maudit baragouin : les Allemands ne pousseront jamais à Florence, et pour les y greffer, il faudra un vigoureux lien.

[1] On allait à Montolivet tous les vendredis de certains mois; c'était à Florence ce que Long-Champ était autrefois à Paris : les marchands y trouvaient l'occasion d'une foire et y transportaient leurs boutiques.

LE MARCHAND.

Voyez, mesdames; que vos seigneuries acceptent un tabouret sous mon auvent.

UN CAVALIER.

Tu es du vieux sang florentin, père Mondella; la haine de la tyrannie fait encore trembler tes doigts ridés sur tes ciselures précieuses, au fond de ton cabinet de travail.

L'ORFÈVRE.

C'est vrai, Excellence. Si j'étais un grand artiste, j'aimerais les princes, parce qu'eux seuls peuvent faire entreprendre de grands travaux; les grands artistes n'ont pas de patrie; moi, je fais des saints-ciboires et des poignées d'épée.

UN AUTRE CAVALIER.

A propos d'artiste, ne voyez-vous pas dans ce petit cabaret ce grand gaillard qui gesticule devant des badauds? Il frappe son verre sur la table; si je ne me trompe, c'est ce hableur de Cellini.

LE PREMIER CAVALIER.

Allons-y donc, et entrons; avec un verre de vin dans la tête, il est curieux à entendre, et probablement quelque bonne histoire est en train.

Ils sortent.

Deux bourgeois s'asseoient.

PREMIER BOURGEOIS.

Il y a eu une émeute à Florence?

DEUXIÈME BOURGEOIS.

Presque rien. — Quelques pauvres jeunes gens ont été tués sur le Vieux-Marché.

PREMIER BOURGEOIS.

Quelle pitié pour les familles!

DEUXIÈME BOURGEOIS.

Voilà des malheurs inévitables. Que voulez-vous que fasse la jeunesse d'un gouvernement comme le nôtre? On vient crier à son de trompe que César est à Bologne ; et les badauds répètent : « César est à Bologne, » en clignant des yeux d'un air d'importance, sans réfléchir à ce qu'on y fait. Le jour suivant, ils sont plus heureux encore d'apprendre et de répéter : « Le pape est à Bologne avec César. » Que s'ensuit-il? Une réjouissance publique, ils n'en voient pas davantage; et puis un beau matin ils se réveillent tout engourdis des fumées du vin impérial, et ils voient une figure sinistre à la grande fenêtre du palais des Pazzi. Ils demandent quel est ce personnage, et on leur répond que c'est leur roi. Le pape et l'empereur sont accouchés d'un bâtard qui a droit de vie et de mort sur nos enfans, et qui ne pourrait pas nommer sa mère.

L'ORFÈVRE, s'approchant.

Vous parlez en patriote, ami; je vous conseille de prendre garde à ce flandrin.

Passe un officier allemand.

L'OFFICIER.

Otez-vous de là, messieurs; des dames veulent s'asseoir.

Deux dames de la cour entrent et s'asseoient.

PREMIÈRE DAME.

Cela est de Venise?

LE MARCHAND.

Oui, magnifique seigneurie; vous en lèverai-je quelques aunes?

PREMIÈRE DAME.

Si tu veux. J'ai cru voir passer Julien Salviati.

L'OFFICIER.

Il va et vient à la porte de l'église; c'est un galant.

DEUXIÈME DAME.

C'est un insolent. Montrez-moi des bas de soie.

L'OFFICIER.

Il n'y en aura pas d'assez petits pour vous.

PREMIÈRE DAME.

Laissez donc ; vous ne savez que dire. Puisque vous voyez Julien, allez lui dire que j'ai à lui parler.

L'OFFICIER.

J'y vais, et je le ramène.

Il sort.

PREMIÈRE DAME.

Il est bête à faire plaisir, ton officier ; que peux-tu faire de cela ?

DEUXIÈME DAME.

Tu sauras qu'il n'y a rien de mieux que cet homme-là.

Elles s'éloignent.

Entre le prieur de Capoue.

LE PRIEUR.

Donnez-moi un verre de limonade, brave homme.

Il s'asseoit.

UN DES BOURGEOIS.

Voilà le prieur de Capoue ; c'est là un patriote !

Les deux bourgeois se rasseoient.

LE PRIEUR.

Vous venez de l'église, messieurs ? Que dites-vous du sermon ?

LE BOURGEOIS.

Il était beau, seigneur prieur.

DEUXIÈME BOURGEOIS, à l'orfèvre.

Cette noblesse des Strozzi est chère au peuple, parce qu'elle n'est pas fière. N'est-il pas agréable de voir un grand seigneur adresser librement la parole à ses voisins d'une manière affable ? Tout cela fait plus qu'on ne pense.

LE PRIEUR.

S'il faut parler franchement, j'ai trouvé le sermon trop beau ; j'ai prêché quelquefois, et je n'ai jamais tiré grande gloire du tremblement des vitres. Mais une petite larme sur la joue d'un brave homme m'a toujours été d'un grand prix.

Entre Salviati.

SALVIATI.

On m'a dit qu'il y avait ici des femmes qui me demandaient tout-à-l'heure. Mais je ne vois de robe ici que la vôtre, prieur. Est-ce que je me trompe ?

LE MARCHAND.

Excellence, on ne vous a pas trompé. Elles se sont éloignées; mais je pense qu'elles vont revenir. Voilà dix aunes d'étoffes et quatre paires de bas pour elles.

SALVIATI, *s'asseyant.*

Voilà une jolie femme qui passe. — Où diable l'ai-je donc vue? — Ah! parbleu, c'est dans mon lit.

LE PRIEUR, *au bourgeois.*

Je crois avoir vu votre signature sur une lettre adressée au duc.

LE BOURGEOIS.

Je le dis tout haut; c'est la supplique adressée par les bannis.

LE PRIEUR.

En avez-vous dans votre famille?

LE BOURGEOIS.

Deux, Excellence: mon père et mon oncle; il n'y a plus que moi d'homme à la maison.

LE DEUXIÈME BOURGEOIS, *à l'orfèvre.*

Comme ce Salviati a une méchante langue!

L'ORFÈVRE.

Cela n'est pas étonnant; un homme à moitié

ruiné, vivant des générosités de ces Médicis, et marié comme il l'est à une femme déshonorée partout! Il voudrait qu'on dît de toutes les femmes possibles ce qu'on dit de la sienne.

SALVIATI.

N'est-ce pas Louise Strozzi qui passe sur ce tertre?

LE MARCHAND.

Elle-même, seigneurie. Peu des dames de notre noblesse me sont inconnues. Si je ne me trompe, elle donne la main à sa sœur cadette.

SALVIATI.

J'ai rencontré cette Louise la nuit dernière au bal de Nasi; elle a, ma foi, une jolie jambe, et nous devons coucher ensemble au premier jour.

LE PRIEUR, se retournant.

Comment l'entendez-vous?

SALVIATI.

Cela est clair; elle me l'a dit. Je lui tenais l'étrier, ne pensant guère à malice; je ne sais par quelle distraction je lui pris la jambe, et voilà comme tout est venu.

LE PRIEUR.

Julien, je ne sais pas si tu sais que c'est de ma sœur que tu parles.

SALVIATI.

Je le sais très-bien ; toutes les femmes sont faites pour coucher avec les hommes, et ta sœur peut bien coucher avec moi.

LE PRIEUR *se lève.*

Vous dois-je quelque chose, brave homme?

Il jette une pièce de monnaie sur la table et sort.

SALVIATI.

J'aime beaucoup ce brave prieur, à qui un propos sur sa sœur a fait oublier le reste de son argent. Ne dirait-on pas que toute la vertu de Florence s'est réfugiée chez ces Strozzi ? Le voilà qui se retourne. Ecarquille les yeux tant que tu voudras, tu ne me feras pas peur.

Il sort.

Scène sixième.

—

Le bord de l'Arno.

—

MARIE SODERINI, CATHERINE.

CATHERINE.

Le soleil commence à baisser. De larges bandes de pourpre traversent le feuillage, et la grenouille fait sonner sous les roseaux sa petite cloche de cristal. C'est une singulière chose que toutes les harmonies du soir, avec le bruit lointain de cette ville.

MARIE.

Il est temps de rentrer ; noue ton voile autour de ton cou.

CATHERINE.

Pas encore, à moins que vous n'ayez froid. Regardez, ma mère chérie [1] ; que le ciel est

[1] Catherine Ginori est belle-sœur de Marie : elle lui donne le nom de *mère*, parce qu'il y a entre elles une différence d'âge très-grande ; Catherine n'a guère que vingt-deux ans.

beau! que tout cela est vaste et tranquille! comme Dieu est partout! Mais vous baissez la tête; vous êtes inquiète depuis ce matin.

MARIE.

Inquiète, non, mais affligée. N'as-tu pas entendu répéter cette fatale histoire de Lorenzo? Le voilà la fable de Florence.

CATHERINE.

O ma mère, la lâcheté n'est point un crime; le courage n'est pas une vertu. Pourquoi la faiblesse est-elle blâmable? Répondre des battemens de son cœur est un triste privilége; Dieu seul peut le rendre noble et digne d'admiration. Et pourquoi cet enfant n'aurait-il pas le droit que nous avons toutes nous autres femmes? Une femme qui n'a peur de rien n'est pas aimable, dit-on.

MARIE.

Aimerais-tu un homme qui a peur? Tu rougis, Catherine; Lorenzo est ton neveu, tu ne peux pas l'aimer. Mais figure-toi qu'il s'appelle de tout autre nom, qu'en penserais-tu? Quelle femme voudrait s'appuyer sur son bras pour monter à cheval? quel homme lui serrerait la main?

CATHERINE.

Cela est triste; et cependant ce n'est pas de cela que je le plains. Son cœur n'est peut-être pas celui d'un Médicis; mais, hélas! c'est encore moins celui d'un honnête homme.

MARIE.

N'en parlons pas, Catherine; — il est assez cruel pour une mère de ne pouvoir parler de son fils.

CATHERINE.

Ah! cette Florence! c'est là qu'on l'a perdu. N'ai-je pas vu briller quelquefois dans ses yeux le feu d'une noble ambition? Sa jeunesse n'a-t-elle pas été l'aurore d'un soleil levant? Et souvent encore aujourd'hui il me semble qu'un éclair rapide.... — je me dis malgré moi que tout n'est pas mort en lui.

MARIE.

Ah! tout cela est un abîme. Tant de facilité, un si doux amour de la solitude! Ce ne sera jamais un guerrier que mon Renzo, disais-je, en le voyant rentrer de son collége, tout baigné de sueur, avec ses gros livres sous le bras; mais un saint amour de la vérité brillait sur ses lèvres et dans ses yeux noirs; il lui fallait s'inquiéter de tout, dire sans cesse : « Celui-là est pauvre, celui-là est ruiné ; comment faire? » Et cette admiration pour les grands hommes de son Plutarque! Catherine, Catherine, que de fois je l'ai baisé au front, en pensant au père de la patrie!

CATHERINE.

Ne vous affligez pas.

MARIE.

Je dis que je ne veux pas parler de lui, et j'en parle sans cesse. Il y a de certaines choses, vois-tu, les mères ne s'en taisent que dans le silence éternel. Que mon fils eût été un débauché vulgaire; que le sang des Soderini eût été pâle dans cette faible goutte tombée de mes veines, je ne me désespérerais pas; mais j'ai espéré, et j'ai eu raison de le faire. Ah! Catherine, il n'est même plus beau; comme une fumée malfaisante, la souillure de son cœur lui est montée au visage. Le sourire, ce doux épanouissement qui rend la jeunesse semblable aux fleurs, s'est enfui de ses joues couleur de soufre, pour y laisser grommeler une ironie ignoble, et le mépris de tout.

CATHERINE.

Il est encore beau quelquefois dans sa mélancolie étrange.

MARIE.

Sa naissance ne l'appelait-elle pas au trône? N'aurait-il pas pu y faire monter un jour avec lui la science d'un docteur, la plus belle jeunesse du monde, et couronner d'un diadême d'or tous mes songes chéris? Ne devais-je pas m'attendre à cela? Ah! Cattina, pour dormir tranquille, il faut n'avoir jamais fait de certains rêves. Cela est trop cruel d'avoir vécu dans un palais de fées, où murmuraient les cantiques des anges, de s'y être endormie, bercée par son fils, et de se réveiller dans une masure ensanglantée, pleine de débris d'orgie et de restes humains, dans les bras d'un spectre hideux qui vous tue en vous appelant encore du nom de mère.

CATHERINE.

Des ombres silencieuses commencent à marcher sur la route; rentrons, Marie, tous ces bannis me font peur.

MARIE.

Pauvres gens! ils ne doivent que faire pitié!

Ah! ne puis-je voir un seul objet qu'il ne m'entre une épine dans le cœur? Ne puis-je plus ouvrir les yeux? Hélas! ma Cattina, ceci est encore l'ouvrage de Lorenzo. Tous ces pauvres bourgeois ont eu confiance en lui; il n'en est pas un, parmi tous ces pères de famille chassés de leur patrie, que mon fils n'ait pas trahi. Leurs lettres, signées de leur nom, sont montrées au duc. C'est ainsi qu'il fait tourner à un infâme usage jusqu'à la glorieuse mémoire de ses aïeux. Les républicains s'adressent à lui comme à l'antique rejeton de leur protecteur; sa maison leur est ouverte, les Strozzi eux-mêmes y viennent. Pauvre Philippe! il y aura une triste fin pour tes cheveux gris! Ah! ne puis-je voir une fille sans pudeur, un malheureux privé de sa famille, sans que tout cela ne me crie : Tu es la mère de nos malheurs! Quand serai-je là?

Elle frappe la terre.

CATHERINE.

Ma pauvre mère, vos larmes se gagnent.

Elles s'éloignent. — Le soleil est couché. — Un groupe de bannis se forme au milieu d'un champ.

UN DES BANNIS.

Où allez-vous?

UN AUTRE.

A Pise; et vous?

LE PREMIER.

A Rome.

UN AUTRE.

Et moi à Venise; en voilà deux qui vont à Ferrare; que deviendrons-nous ainsi éloignés les uns des autres?

UN QUATRIÈME.

Adieu, voisin, à des temps meilleurs.

Il s'en va.

LE SECOND.

Adieu; pour nous, nous pouvons aller ensemble jusqu'à la croix de la Vierge.

Il sort avec un autre.

Arrive Maffio.

LE PREMIER BANNI.

C'est toi, Maffio? par quel hasard es-tu ici?

MAFFIO.

Je suis des vôtres. Vous saurez que le duc a enlevé ma sœur; j'ai tiré l'épée; une espèce de tigre avec des membres de fer s'est jeté à mon cou, et m'a désarmé. Après quoi j'ai reçu l'ordre de sortir de la ville, et une bourse à moitié pleine de ducats.

LE SECOND BANNI.

Et ta sœur, où est-elle?

MAFFIO.

On me l'a montrée ce soir sortant du spectacle, dans une robe comme n'en a pas l'impératrice; que Dieu lui pardonne! Une vieille l'accompagnait, qui a laissé trois de ses dents à la sortie. Jamais je n'ai donné de ma vie un coup de poing qui m'ait fait ce plaisir-là.

LE TROISIÈME BANNI.

Qu'ils crèvent tous dans leur fange crapuleuse, et nous mourrons contens.

LE QUATRIÈME.

Philippe Strozzi nous écrira à Venise; quelque jour nous serons tous étonnés de trouver une armée à nos ordres.

LE TROISIÈME.

Que Philippe vive long-temps! Tant qu'il y aura un cheveu sur sa tête, la liberté de l'Italie n'est pas morte.

Une partie du groupe se détache; tous les bannis s'embrassent.

UNE VOIX.

A des temps meilleurs.

UNE AUTRE.

A des temps meilleurs.

Deux bannis montent sur une plate-forme d'où l'on découvre la ville.

LE PREMIER.

Adieu, Florence, peste de l'Italie; adieu, mère stérile, qui n'as plus de lait pour tes enfans.

LE SECOND.

Adieu, Florence la bâtarde, spectre hideux de l'antique Florence; adieu, fange sans nom.

TOUS LES BANNIS.

Adieu, Florence! maudites soient les mamelles de tes femmes! maudits soient tes sanglots! maudites les prières de tes églises, le pain de tes blés, l'air de tes rues! Malédiction sur la dernière goutte de ton sang corrompu!

ACTE SECOND

Scène première.

Chez les Strozzi.

PHILIPPE, *dans son cabinet.*

Dix citoyens bannis dans ce quartier-ci seulement! le vieux Galeazzo et le petit Maffio bannis! sa sœur corrompue, devenue une fille publique en une nuit! Pauvre petite! Quand l'éducation des basses classes sera-t-elle assez forte pour empêcher les petites filles de rire lorsque leurs parens pleurent? La corruption est-elle donc une loi de nature? Ce qu'on appelle la vertu, est-ce donc l'habit du dimanche qu'on met pour aller à la messe? Le reste de la semaine on est à la croisée, et, tout en tricotant, on regarde les jeunes gens passer. Pauvre humanité! quel nom portes-tu donc? celui de ta race, ou celui de ton baptême? Et nous autres vieux rêveurs, quelle tache originelle avons-nous lavée sur la face humaine depuis quatre ou cinq mille ans que nous jaunissons avec nos livres! Qu'il t'est facile à toi, dans le silence du cabinet, de tracer d'une main légère une ligne mince et pure comme un cheveu sur ce papier blanc! qu'il t'est facile de bâtir des palais et des villes avec ce petit compas et un peu d'encre! Mais l'architecte, qui a dans son pupitre des milliers de plans admirables, ne peut soulever de terre le premier pavé de son édifice, quand il vient se mettre à l'ouvrage avec son dos voûté et ses idées obstinées. Que le bonheur des hommes ne soit qu'un rêve, cela est pourtant dur; que le mal soit irrévocable, éternel, impossible à changer, non! Pourquoi le philosophe qui travaille pour tous regarde-t-il autour de lui? voilà le tort. Le moindre insecte qui passe devant ses yeux lui cache le soleil; allons-y donc plus hardiment; la république, il nous faut ce mot-là. Et quand ce ne serait qu'un mot, c'est quelque chose, puisque les peuples se lèvent quand il traverse l'air. Ah! bonjour, Léon.

Entre le prieur de Capoue.

LE PRIEUR.

Je viens de la foire de Montolivet.

PHILIPPE.

Etait-ce beau? Te voilà aussi, Pierre? Asseois-toi donc; j'ai à te parler.

Entre Pierre Strozzi.

LE PRIEUR.

C'était très-beau, et je m'y suis assez amusé, sauf certaine contrariété un peu trop forte que j'ai quelque peine à digérer.

PIERRE.

Bah! qu'est-ce que c'est donc?

LE PRIEUR.

Figurez-vous que j'étais entré dans une boutique pour prendre un verre de limonade. —

Mais non, cela est inutile, je suis un sot de m'en souvenir.

PHILIPPE.

Que diable as-tu sur le cœur? tu parles comme une âme en peine.

LE PRIEUR.

Ce n'est rien; un méchant propos, rien de plus. Il n'y a aucune importance à attacher à tout cela.

PIERRE.

Un propos? sur qui? sur toi?

LE PRIEUR.

Non pas sur moi précisément. Je me soucierais bien d'un propos sur moi.

PIERRE.

Sur qui donc? Allons, parle, si tu veux.

LE PRIEUR.

J'ai tort; on ne se souvient pas de ces choses-là quand on sait la différence d'un honnête homme à un Salviati.

PIERRE.

Salviati? Qu'a dit cette canaille?

LE PRIEUR.

C'est un misérable, tu as raison. Qu'importe

ce qu'il peut dire! Un homme sans pudeur, un valet de cour, qui, à ce qu'on raconte, a pour femme la plus grande dévergondée! Allons, voilà qui est fait, je n'y penserai pas davantage.

PIERRE.

Penses-y et parle, Léon; c'est-à-dire que cela me démange de lui couper les oreilles. De qui a-t-il médit? De nous? de mon père? Ah! sang du Christ, je ne l'aime guère, ce Salviati. Il faut que je sache cela, entends-tu?

LE PRIEUR.

Si tu y tiens, je te le dirai. Il s'est exprimé devant moi, dans une boutique, d'une manière vraiment offensante sur le compte de notre sœur.

PIERRE.

O mon Dieu! Dans quels termes? Allons, parle donc!

LE PRIEUR.

Dans les termes les plus grossiers.

PIERRE.

Diable de prêtre que tu es! tu me vois hors de moi d'impatience, et tu cherches tes mots! Dis les choses comme elles sont; parbleu, un mot est un mot; il n'y a pas de bon Dieu qui tienne.

PHILIPPE.

Pierre, Pierre! tu manques à ton frère.

LE PRIEUR.

Il a dit qu'il coucherait avec elle, voilà son mot, et qu'elle le lui avait promis.

PIERRE.

Qu'elle couch..... Ah! mort de mort, de mille morts! Quelle heure est-il?

PHILIPPE.

Où vas-tu? Allons, es-tu fait de salpêtre? Qu'as-tu à faire de cette épée? tu en as une au côté.

PIERRE.

Je n'ai rien à faire; allons dîner, le dîner est servi.

Ils sortent.

Scène deuxième.

Le portail d'une église.

Entrent LORENZO *et* VALORI.

VALORI.

Comment se fait-il que le duc n'y vienne pas? Ah! monsieur, quelle satisfaction pour un chrétien que ces pompes magnifiques de l'église romaine! quel homme peut y être insensible? L'artiste ne trouve-t-il pas là le paradis de son cœur? le guerrier, le prêtre et le marchand n'y rencontrent-ils pas tout ce qu'ils aiment? Cette admirable harmonie des orgues, ces tentures éclatantes de velours et de tapisserie, ces tableaux des premiers maîtres, les parfums tièdes et suaves que balancent les encensoirs, et les chants délicieux de ces voix argentines, tout cela peut choquer, par son ensemble mondain, le moine sévère et ennemi du plaisir. Mais rien n'est plus beau, selon moi, qu'une religion qui se fait aimer par de pareils moyens. Pourquoi les prêtres voudraient-ils servir un Dieu jaloux? La religion n'est pas un oiseau de proie; c'est une colombe compatissante qui plane doucement sur tous les rêves et sur tous les amours.

LORENZO.

Sans doute; ce que vous dites là est parfaitement vrai, et parfaitement faux, comme tout au monde.

TEBALDEO FRECCIA, s'approchant de Valori.

Ah! monseigneur, qu'il est doux de voir un homme tel que Votre Eminence parler ainsi de la tolérance et de l'enthousiasme sacré! Pardonnez à un citoyen obscur, qui brûle de ce feu divin, de vous remercier de ce peu de paroles que je viens d'entendre. Trouver sur les lèvres d'un honnête homme ce qu'on a soi-même dans le cœur, c'est le plus grand des bonheurs qu'on puisse désirer.

VALORI.

N'êtes-vous pas le petit Freccia?

TEBALDEO.

Mes ouvrages ont peu de mérite; je sais

mieux aimer les arts que je ne sais les exercer. Mais ma jeunesse tout entière s'est passée dans les églises. Il me semble que je ne puis admirer ailleurs Raphaël et notre divin Buonarotti. Je demeure alors durant des journées devant leurs ouvrages, dans une extase sans égale. Le chant de l'orgue me révèle leur pensée, et me fait pénétrer dans leur âme; je regarde les personnages de leurs tableaux si saintement agenouillés, et j'écoute, comme si les cantiques du chœur sortaient de leurs bouches entr'ouvertes; des bouffées d'encens aromatique passent entre eux et moi dans une vapeur légère; je crois y voir la gloire de l'artiste; c'est aussi une triste et douce fumée, et qui ne serait qu'un parfum stérile, si elle ne montait à Dieu.

VALORI.

Vous êtes un vrai cœur d'artiste; venez à mon palais, et ayez quelque chose sous votre manteau quand vous y viendrez. Je veux que vous travailliez pour moi.

TEBALDEO.

C'est trop d'honneur que me fait Votre Eminence. Je suis un desservant bien humble de la sainte religion de la peinture.

LORENZO.

Pourquoi remettre vos offres de service? Vous avez, il me semble, un cadre dans les mains.

TEBALDEO.

Il est vrai; mais je n'ose le montrer à de si grands connaisseurs. C'est une esquisse bien pauvre d'un rêve magnifique.

LORENZO.

Vous faites le portrait de vos rêves? Je ferai poser pour vous quelques-uns des miens.

TEBALDEO.

Réaliser des rêves, voilà la vie du peintre. Les plus grands ont représenté les leurs dans toute leur force, et sans y rien changer. Leur imagination était un arbre plein de sève; les bourgeons s'y métamorphosaient sans peine en fleurs, et les fleurs en fruits; bientôt ces fruits mûrissaient à un soleil bienfaisant, et quand ils étaient mûrs, ils se détachaient d'eux-mêmes et tombaient sur la terre sans perdre un seul grain de leur poussière virginale. Hélas! les rêves des artistes médiocres sont des plantes difficiles à nourrir, et qu'on arrose de larmes bien amères pour les faire bien peu prospérer.

Il montre son tableau.

VALORI.

Sans compliment, cela est beau; non pas du premier mérite, il est vrai: pourquoi flatterais-je un homme qui ne se flatte pas lui-même? Mais votre barbe n'est pas poussée, jeune homme.

LORENZO.

Est-ce un paysage ou un portrait? De quel côté faut-il le regarder, en long ou en large?

TEBALDEO.

Votre seigneurie se rit de moi. C'est la vue du Campo-Santo.

LORENZO.

Combien y a-t-il d'ici à l'immortalité?

VALORI.

Il est mal à vous de plaisanter cet enfant. Voyez comme ses grands yeux s'attristent à chacune de vos paroles.

TEBALDEO.

L'immortalité, c'est la foi. Ceux à qui Dieu a donné des ailes y arrivent en souriant.

VALORI.

Tu parles comme un élève de Raphaël.

TEBALDEO.

Seigneur, c'était mon maître. Ce que j'ai appris vient de lui.

LORENZO.

Viens chez moi ; je te ferai peindre la Mazzafirra toute nue.

TEBALDEO.

Je ne respecte point mon pinceau, mais je respecte mon art : je ne puis faire le portrait d'une courtisane.

LORENZO.

Ton Dieu s'est bien donné la peine de la faire ; tu peux bien te donner celle de la peindre. Veux-tu me faire une vue de Florence ?

TEBALDEO.

Oui, monseigneur.

LORENZO.

Comment t'y prendrais-tu ?

TEBALDEO.

Je me placerais à l'orient, sur la rive gauche de l'Arno. C'est de cet endroit que la perspective est la plus large et la plus agréable.

LORENZO.

Tu peindrais Florence, les places, les maisons et les rues ?

TEBALDEO.

Oui, monseigneur.

LORENZO.

Pourquoi donc ne peux-tu peindre une courtisane, si tu peux peindre un mauvais lieu ?

TEBALDEO.

On ne m'a point encore appris à parler ainsi de ma mère.

LORENZO.

Qu'appelles-tu ta mère ?

TEBALDEO.

Florence, seigneur.

LORENZO.

Alors tu n'es qu'un bâtard, car ta mère n'est qu'une catin.

TEBALDEO.

Une blessure sanglante peut engendrer la corruption dans le corps le plus sain. Mais des gouttes précieuses du sang de ma mère sort une plante odorante qui guérit tous les maux. L'art, cette fleur divine, a quelquefois besoin du fumier pour engraisser le sol qui la porte.

LORENZO.

Comment entends-tu ceci ?

TEBALDEO.

Les nations paisibles et heureuses ont quelquefois brillé d'une clarté pure, mais faible. Il y a plusieurs cordes à la harpe des anges; le zéphir peut murmurer sur les plus faibles, et tirer de leur accord une harmonie suave et délicieuse; mais la corde d'argent ne s'ébranle qu'au passage du vent du nord. C'est la plus belle et la plus noble; et cependant le toucher d'une rude main lui est favorable. L'enthousiasme est frère de la souffrance.

LORENZO.

C'est-à-dire qu'un peuple malheureux fait les grands artistes. Je me ferai volontiers l'alchimiste de ton alambic; les larmes des peuples y retombent en perles. Par la mort du diable, tu me plais. Les familles peuvent se désoler, les nations mourir de misère, cela échauffe la cervelle de monsieur. Admirable poète ! comment arranges-tu tout cela avec ta piété ?

TEBALDEO.

Je ne ris point du malheur des familles : je dis que la poésie est la plus douce des souffrances, et qu'elle aime ses sœurs. Je plains les peuples malheureux ; mais je crois en effet qu'ils font les grands artistes : les champs de bataille font pousser les moissons, les terres corrompues engendrent le blé céleste.

LORENZO.

Ton pourpoint est usé ; en veux-tu un à ma livrée ?

TEBALDEO.

Je n'appartiens à personne ; quand la pensée veut être libre, le corps doit l'être aussi.

LORENZO.

J'ai envie de dire à mon valet-de-chambre de te donner des coups de bâton.

TEBALDEO.

Pourquoi, monseigneur ?

LORENZO.

Parce que cela me passe par la tête. Es-tu boiteux de naissance ou par accident ?

TEBALDEO.

Je ne suis pas boiteux ; que voulez-vous dire par là ?

LORENZO.

Tu es boiteux ou tu es fou.

TEBALDEO.

Pourquoi, monseigneur ? Vous vous riez de moi.

LORENZO.

Si tu n'étais pas boiteux, comment resterais-tu, à moins d'être fou, dans une ville où, en l'honneur de tes idées de liberté, le premier valet d'un Médicis peut te faire assommer sans qu'on y trouve à redire ?

TEBALDEO.

J'aime ma mère Florence ; c'est pourquoi je reste chez elle. Je sais qu'un citoyen peut être assassiné en plein jour et en pleine rue, selon le caprice de ceux qui la gouvernent ; c'est pourquoi je porte ce stylet à ma ceinture.

LORENZO.

Frapperais-tu le duc si le duc te frappait, comme il lui est arrivé souvent de commettre par partie de plaisir des meurtres facétieux ?

TEBALDEO.

Je le tuerais, s'il m'attaquait.

LORENZO.

Te me dis cela, à moi ?

TEBALDEO.

Pourquoi m'en voudrait-on? je ne fais de mal à personne. Je passe les journées à l'atelier. Le dimanche, je vais à l'Annonciade ou à Sainte-Marie ; les moines trouvent que j'ai de la voix ; ils me mettent une robe blanche et une calotte rouge, et je fais ma partie dans les chœurs, quelquefois un petit solo : ce sont les seules occasions où je vais en public. Le soir, je vais chez ma maîtresse, et quand la nuit est belle, je la passe sur son balcon. Personne ne me connaît, et je ne connais personne : à qui ma vie ou ma mort peut-elle être utile ?

LORENZO.

Es-tu républicain ? aimes-tu les princes ?

TEBALDEO.

Je suis artiste ; j'aime ma mère et ma maîtresse.

LORENZO.

Viens demain à mon palais, je veux te faire faire un tableau d'importance pour le jour de mes noces.

Ils sortent.

Scène troisième.

—

Chez la marquise de Cibo.

—

LE CARDINAL *seul.*

Oui, je suivrai tes ordres, Farnèse [1] ! Que ton commissaire apostolique s'enferme avec sa probité dans le cercle étroit de son office, je remuerai d'une main ferme la terre glissante sur laquelle il n'ose marcher. Tu attends cela de moi; je t'ai compris, et j'agirai sans parler, comme tu as commandé. Tu as deviné

[1] Le pape Paul III.

qui j'étais lorsque tu m'as placé auprès d'Alexandre, sans me revêtir d'aucun titre qui me donnât quelque pouvoir sur lui. C'est d'un autre qu'il se défiera, en m'obéissant à son insu. Qu'il épuise sa force contre des ombres d'hommes gonflés d'une ombre de puissance, je serai l'anneau invisible qui l'attachera pieds et poings liés à la chaîne de fer dont Rome et César tiennent les deux bouts. Si mes yeux ne me trompent pas, c'est dans cette maison qu'est le marteau dont je me servirai. Alexandre aime ma belle-sœur; que cet amour l'ait flattée, cela est croyable; ce qui peut en résulter est douteux. Mais ce qu'elle en veut faire, c'est là ce qui est certain pour moi. Qui sait jusqu'où pourrait aller l'influence d'une femme exaltée, même sur cet homme grossier, sur cette armure vivante? Un si doux péché, pour une si belle cause, cela est tentant, n'est-il pas vrai, Ricciarda? Presser ce cœur de lion sur ton faible cœur tout percé de flèches saignantes, comme celui de saint Sébastien; parler, les yeux en pleurs, des malheurs de la patrie, pendant que le tyran adoré passera ses rudes mains dans ta chevelure dénouée; faire jaillir d'un rocher l'étincelle sacrée, cela valait bien le petit sacrifice de l'honneur conjugal, et de quelques autres bagatelles. Florence y gagnerait tant, et ces bons maris n'y perdent rien! Mais il ne fallait pas me prendre pour confesseur.

La voici qui s'avance, son livre de prières à la main. Aujourd'hui donc tout va s'éclaircir; laisse seulement tomber ton secret dans l'oreille du prêtre : le courtisan pourra bien en profiter; mais, en conscience, il n'en dira rien.

Entre la marquise de Cibo.

LE CARDINAL, s'asseyant.

Me voilà prêt.

La marquise s'agenouille auprès de lui sur son prie-dieu.

LA MARQUISE.

Bénissez-moi, mon père, parce que j'ai péché.

LE CARDINAL.

Avez-vous dit votre *Confiteor?* Nous pouvons commencer, marquise.

LA MARQUISE.

Je m'accuse de mouvemens de colère, de

doutes irréligieux et injurieux pour notre saint père le pape.

LE CARDINAL.

Continuez.

LA MARQUISE.

J'ai dit hier, dans une assemblée, à propos de l'évêque de Fano, que la sainte Église catholique était un lieu de débauche.

LE CARDINAL.

Continuez.

LA MARQUISE.

J'ai écouté des discours contraires à la fidélité que j'ai jurée à mon mari.

LE CARDINAL.

Qui vous a tenu ces discours?

LA MARQUISE.

J'ai lu une lettre écrite dans la même pensée.

LE CARDINAL.

Qui vous a écrit cette lettre?

LA MARQUISE.

Je m'accuse de ce que j'ai fait, et non de ce qu'ont fait les autres.

LE CARDINAL.

Ma fille, vous devez me répondre, si vous

voulez que je puisse vous donner l'absolution en toute sécurité. Avant tout, dites-moi si vous avez répondu à cette lettre.

LA MARQUISE.

J'y ai répondu de vive voix, mais non pas par écrit.

LE CARDINAL.

Qu'avez-vous répondu?

LA MARQUISE.

J'ai accordé à la personne qui m'avait écrit la permission de me voir comme elle le demandait.

LE CARDINAL.

Comment s'est passée cette entrevue?

LA MARQUISE.

Je me suis accusée déjà d'avoir écouté des discours contraires à mon honneur.

LE CARDINAL.

Comment y avez-vous répondu?

LA MARQUISE.

Comme il convient à une femme qui se respecte.

LE CARDINAL.

N'avez-vous point laissé entrevoir qu'on finirait par vous persuader?

LA MARQUISE.

Non, mon père.

LE CARDINAL.

Avez-vous annoncé à la personne dont il s'agit, la résolution de ne plus écouter de semblables discours à l'avenir?

LA MARQUISE.

Oui, mon père.

LE CARDINAL.

Cette personne vous plaît-elle?

LA MARQUISE.

Mon cœur n'en sait rien, j'espère.

LE CARDINAL.

Avez-vous averti votre mari?

LA MARQUISE.

Non, mon père. Une honnête femme ne doit point troubler son ménage par des récits de cette sorte.

LE CARDINAL.

Ne me cachez-vous rien? Ne s'est-il rien passé entre vous et la personne dont il s'agit, que vous hésitiez à me confier?

LA MARQUISE.

Rien, mon père.

LE CARDINAL.

Pas un regard tendre ? Pas un baiser pris à la dérobée?

LA MARQUISE.

Non, mon père.

LE CARDINAL.

Cela est-il sûr, ma fille ?

LA MARQUISE.

Mon beau-frère, il me semble que je n'ai pas l'habitude de mentir devant Dieu.

LE CARDINAL.

Vous avez refusé de me dire le nom que je vous ai demandé tout-à-l'heure ; je ne puis cependant vous donner l'absolution sans le savoir.

LA MARQUISE.

Pourquoi cela ? Lire une lettre peut être un péché ; mais non pas lire une signature. Qu'importe le nom à la chose ?

LE CARDINAL.

Il importe plus que vous ne pensez.

LA MARQUISE.

Malaspina, vous en voulez trop savoir. Refusez-moi l'absolution, si vous voulez, je prendrai pour confesseur le premier prêtre venu, qui me la donnera.

Elle se lève.

LE CARDINAL.

Quelle violence, marquise! Est-ce que je ne sais pas que c'est du duc que vous voulez parler?

LA MARQUISE.

Du duc! — Eh bien! si vous le savez, pourquoi voulez-vous me le faire dire?

LE CARDINAL.

Pourquoi refusez-vous de le dire? Cela m'étonne.

LA MARQUISE.

Et qu'en voulez-vous faire, vous, mon confesseur? Est-ce pour le répéter à mon mari que vous tenez si fort à l'entendre? Oui, cela est bien certain; c'est un tort que d'avoir pour confesseur un de ses parens. Le ciel m'est témoin qu'en m'agenouillant devant vous, j'oublie que je suis votre belle-sœur. Mais vous prenez soin de me le rappeler; prenez garde, Cibo, prenez garde à votre salut éternel, tout cardinal que vous êtes.

LE CARDINAL.

Revenez donc à cette place, marquise; il

n'y a pas tant de mal que vous croyez.

LA MARQUISE.

Que voulez-vous dire?

LE CARDINAL.

Qu'un confesseur doit tout savoir, parce qu'il peut tout diriger, et qu'un beau-frère ne doit rien dire, à certaines conditions.

LA MARQUISE.

Quelles conditions?

LE CARDINAL.

Non, non, je me trompe; ce n'était pas ce mot-là que je voulais employer. Je voulais dire que le duc est puissant, qu'une rupture avec lui peut nuire aux plus riches familles; mais qu'un secret d'importance entre des mains expérimentées peut devenir une source de biens abondante.

LA MARQUISE.

Une source de biens! — des mains expérimentées! — Je reste là, en vérité, comme une statue. Que couves-tu, prêtre, sous ces paroles ambiguës? Il y a certains assemblages de mots qui passent par instant sur vos lèvres, à vous autres; on ne sait qu'en penser.

LE CARDINAL.

Revenez donc vous asseoir là, Ricciarda. Je ne vous ai point encore donné l'absolution.

LA MARQUISE.

Parlez toujours; il n'est pas prouvé que j'en veuille.

LE CARDINAL, se levant.

Prenez garde à vous, marquise! Quand on veut me braver en face, il faut avoir une armure solide et sans défaut; je ne veux point menacer; je n'ai pas un mot à vous dire : prenez un autre confesseur.

Il sort.

LA MARQUISE, seule.

Cela est inoui. S'en aller en serrant les poings! les yeux enflammés de colère! Parler de mains expérimentées, de direction à donner à certaines choses! Eh! mais qu'y a-t-il donc? Qu'il voulût pénétrer mon secret pour en informer mon mari, je le conçois. Mais si ce n'est pas là son but, que veut-il donc faire de moi? la maîtresse du duc? Tout savoir, dit-il, et tout diriger! cela n'est pas possible; il y a quelque autre mystère plus sombre et plus inexplicable là-dessous; Cibo ne ferait pas un pareil métier. Non! cela est sûr; je le connais. C'est bon pour Lorenzaccio; mais lui! il faut qu'il ait quelque sourde pensée, plus vaste que cela et plus profonde. Ah! comme les hommes sortent d'eux-mêmes tout à coup après dix ans de silence! Cela est effrayant.

Maintenant, que ferai-je? Est-ce que j'aime Alexandre? Non, je ne l'aime pas, non, assurément; j'ai dit que non dans ma confession, et je n'ai pas menti. Pourquoi Laurent est-il à Massa? Pourquoi le duc me presse-t-il? Pourquoi ai-je répondu que je ne voulais plus le voir? pourquoi? — Ah! pourquoi y a-t-il dans tout cela un aimant, un charme inexplicable qui m'attire?

Elle ouvre sa fenêtre.

Que tu es belle, Florence, mais que tu es triste! Il y a là plus d'une maison où Alexandre est entré la nuit, couvert de son manteau; c'est un libertin, je le sais. — Et pourquoi est-ce que tu te mêles à tout cela, toi, Florence? Qui est-ce donc que j'aime? Est-ce toi ou est-ce lui?

AGOLO, *entrant.*

Madame, Son Altesse vient d'entrer dans la cour.

LA MARQUISE.

Cela est singulier ; ce Malaspina m'a laissé toute tremblante.

Scène quatrième.

—

Au palais des Soderini.

—

MARIE SODERINI, CATHERINE, LORENZO, *assis.*

CATHERINE, tenant un livre.

Quelle histoire vous lirai-je, ma mère ?

MARIE.

Ma Cattina se moque de sa pauvre mère. Est-ce que je comprends rien à tes livres latins ?

CATHERINE.

Celui-ci n'est point en latin, mais il en est traduit. C'est l'histoire romaine.

LORENZO.

Je suis très-fort sur l'histoire romaine. Il y

avait une fois un jeune gentilhomme nommé Tarquin le fils.

CATHERINE.

Ah! c'est une histoire de sang.

LORENZO.

Pas du tout; c'est un conte de fées. Brutus était un fou, un monomane, et rien de plus. Tarquin était un duc plein de sagesse, qui allait voir en pantoufles si les petites filles dormaient bien.

CATHERINE.

Dites-vous aussi du mal de Lucrèce?

LORENZO.

Elle s'est donné le plaisir du péché et la gloire du trépas. Elle s'est laissé prendre toute vive comme une alouette au piége, et puis elle s'est fourré bien gentiment son petit couteau dans le ventre.

MARIE.

Si vous méprisez les femmes, pourquoi affectez-vous de les rabaisser devant votre mère et votre sœur?

LORENZO.

Je vous estime, vous et elle. Hors de là, le monde me fait horreur.

MARIE.

Sais-tu le rêve que j'ai eu cette nuit, mon enfant ?

LORENZO.

Quel rêve ?

MARIE.

Ce n'était point un rêve, car je ne dormais pas. J'étais seule dans cette grande salle ; ma lampe était loin de moi, sur cette table auprès de la fenêtre. Je songeais aux jours où j'étais heureuse, aux jours de ton enfance, mon Lorenzino. Je regardais cette nuit obscure, et je me disais : Il ne rentrera qu'au jour, lui qui passait autrefois les nuits à travailler. Mes yeux se remplissaient de larmes, et je secouais la tête en les sentant couler. J'ai entendu tout d'un coup marcher lentement dans la galerie ; je me suis retournée ; un homme vêtu de noir venait à moi, un livre sous le bras : c'était toi, Renzo : « Comme tu reviens de bonne heure ! » me suis-je écriée. Mais le spectre s'est assis auprès de la lampe sans me répondre ; il a ouvert son livre, et j'ai reconnu mon Lorenzino d'autrefois.

LORENZO.

Vous l'avez vu ?

MARIE.

Comme je te vois.

LORENZO.

Quand s'est-il en allé?

MARIE.

Quand tu as tiré la cloche ce matin en rentrant.

LORENZO.

Mon spectre, à moi! Et il s'en est allé quand je suis rentré?

MARIE.

Il s'est levé d'un air mélancolique, et s'est effacé comme une vapeur du matin.

LORENZO.

Catherine, Catherine, lis-moi l'histoire de Brutus.

CATHERINE.

Qu'avez-vous? vous tremblez de la tête aux pieds.

LORENZO.

Ma mère, asseyez-vous ce soir à la place où vous étiez cette nuit, et si mon spectre revient, dites-lui qu'il verra bientôt quelque chose qui l'étonnera.

On frappe.

CATHERINE.

C'est mon oncle Bindo, et Baptista Venturi.

Entrent Bindo et Venturi.

BINDO, bas à Marie.

Je viens tenter un dernier effort.

MARIE.

Nous vous laissons, puissiez-vous réussir !

Elle sort avec Catherine.

BINDO.

Lorenzo, pourquoi ne démens-tu pas l'histoire scandaleuse qui court sur ton compte?

LORENZO.

Quelle histoire?

BINDO.

On dit que tu t'es évanoui à la vue d'une épée.

LORENZO.

Le croyez-vous, mon oncle?

BINDO.

Je t'ai vu faire des armes à Rome; mais cela ne m'étonnerait pas que tu devinsses plus vil qu'un chien, au métier que tu fais ici.

LORENZO.

L'histoire est vraie : je me suis évanoui.

Bonjour, Venturi. A quel taux sont vos marchandises? comment va le commerce?

VENTURI.

Seigneur, je suis à la tête d'une fabrique de soie; mais c'est me faire une injure que de m'appeler marchand.

LORENZO.

C'est vrai. Je voulais dire seulement que vous aviez contracté au collége l'habitude innocente de vendre de la soie.

BINDO.

J'ai confié au seigneur Venturi les projets qui occupent en ce moment tant de familles à Florence. C'est un digne ami de la liberté, et j'entends, Lorenzo, que vous le traitiez comme tel. Le temps de plaisanter est passé. Vous nous avez dit quelquefois que cette confiance extrême que le duc vous témoigne n'était qu'un piége de votre part. Cela est-il vrai ou faux? Êtes-vous des nôtres, ou n'en êtes-vous pas? voilà ce qu'il nous faut savoir. Toutes les grandes familles voient bien que le despotisme des Médicis n'est ni juste ni tolérable. De quel droit laisserions-nous s'élever paisiblement cette maison orgueilleuse sur les ruines de nos priviléges? La capitulation n'est point observée. La puissance de l'Allemagne se fait sentir de jour en jour d'une manière plus absolue. Il est temps d'en finir, et de rassembler les patriotes. Répondez-vous à cet appel?

LORENZO.

Qu'en dites-vous, seigneur Venturi? Parlez, parlez, voilà mon oncle qui reprend haleine; saisissez cette occasion, si vous aimez votre pays.

VENTURI.

Seigneur, je pense de même, et n'ai pas un mot à ajouter.

LORENZO.

Pas un mot? pas un beau petit mot bien sonore? Vous ne connaissez pas la véritable éloquence. On tourne une grande période autour d'un beau petit mot, pas trop court ni trop long, et rond comme une toupie; on rejette son bras gauche en arrière de manière à faire faire à son manteau des plis pleins d'une dignité tempérée par la grâce; on lâche sa période qui se déroule comme une corde ronflante, et la petite toupie s'échappe avec un murmure délicieux. On pourrait presque la ramasser dans le creux de la main, comme les enfans des rues.

BINDO.

Tu es un insolent! Réponds, ou sors d'ici.

LORENZO.

Je suis des vôtres, mon oncle. Ne voyez-vous pas à ma coiffure que je suis républicain dans l'âme? Regardez comme ma barbe est coupée. N'en doutez pas un seul instant; l'amour de la patrie respire dans mes vêtemens les plus cachés.

On sonne à la porte d'entrée ; la cour se remplit de pages et de chevaux.

UN PAGE, entrant.

Le duc.

Entre Alexandre.

LORENZO.

Quel excès de faveur, mon prince! Vous daignez visiter un pauvre serviteur en personne?

LE DUC.

Quels sont ces hommes-là? J'ai à te parler.

LORENZO.

J'ai l'honneur de présenter à Votre Altesse mon oncle Bindo Altoviti, qui regrette qu'un long séjour à Naples ne lui ait pas permis de se jeter plus tôt à vos pieds. Cet autre seigneur est l'illustre Battista Venturi, qui fabrique, il est vrai, de la soie, mais qui n'en vend point. Que la présence inattendue d'un si grand prince dans cette humble maison ne vous trouble pas, mon cher oncle, ni vous non plus, digne Venturi. Ce que vous demandez vous sera accordé, ou vous serez en droit de dire que mes supplications n'ont aucun crédit auprès de mon gracieux souverain.

LE DUC.

Que demandez-vous, Bindo ?

BINDO.

Altesse, je suis désolé que mon neveu....

LORENZO.

Le titre d'ambassadeur à Rome n'appartient à personne en ce moment. Mon oncle se flattait de l'obtenir de vos bontés. Il n'est pas dans Florence un seul homme qui puisse soutenir la comparaison avec lui, dès qu'il s'agit du dévoûment et du respect qu'on doit aux Médicis.

LE DUC.

En vérité, Renzino? Eh bien! mon cher Bindo, voilà qui est dit. Viens demain matin au palais.

BINDO.

Altesse, je suis confondu! Comment reconnaître.....

LORENZO.

Le seigneur Venturi, bien qu'il ne vende point de soie, demande un privilége pour ses fabriques.

LE DUC.

Quel privilége?

LORENZO.

Vos armoiries sur la porte, avec le brevet. Accordez-le-lui, monseigneur, si vous aimez ceux qui vous aiment.

LE DUC.

Voilà qui est bon. Est-ce fini? Allez, messieurs, la paix soit avec vous.

VENTURI.

Altesse!... Vous me comblez de joie... je ne puis exprimer...

LE DUC, à ses gardes.

Qu'on laisse passer ces deux personnes.

BINDO, sortant, bas à Venturi.

C'est un tour infâme.

VENTURI, de même.

Qu'est-ce que vous ferez ?

BINDO, de même.

Que diable veux-tu que je fasse ? Je suis nommé.

VENTURI, de même.

Cela est terrible.

Ils sortent.

LE DUC.

La Cibo est à moi.

LORENZO.

J'en suis fâché.

LE DUC.

Pourquoi ?

LORENZO.

Parce que cela fera tort aux autres.

LE DUC.

Ma foi, non, elle m'ennuie déjà. Dis-moi donc, mignon, quelle est donc cette belle femme qui arrange ces fleurs sur cette fenêtre ? Voilà long-temps que je la vois sans cesse en passant.

LORENZO.

Où donc ?

LE DUC.

Là-bas, en face, dans le palais.

LORENZO.

Oh ! ce n'est rien.

LE DUC.

Rien ? Appelles-tu rien ces bras-là ? Quelle Vénus, entrailles du diable !

LORENZO.

C'est une voisine.

LE DUC.

Je veux parler à cette voisine-là. Eh ! parbleu, si je ne me trompe, c'est Catherine Ginori.

LORENZO.

Non.

LE DUC.

Je la reconnais très-bien ; c'est ta tante. Peste ! j'avais oublié cette figure-là. Amène-la donc souper.

LORENZO.

Cela serait très-difficile. C'est une vertu.

LE DUC.

Allons donc ! Est-ce qu'il y en a pour nous autres ?

LORENZO.

Je lui demanderai, si vous voulez. Mais je vous avertis que c'est une pédante; elle parle latin.

LE DUC.

Bon! elle ne fait pas l'amour en latin. Viens donc par ici; nous la verrons mieux de cette galerie.

LORENZO.

Une autre fois, mignon; — à l'heure qu'il est je n'ai pas de temps à perdre: — il faut que j'aille chez le Strozzi.

LE DUC.

Quoi! chez ce vieux fou?

LORENZO.

Oui, chez ce vieux misérable, chez cet infâme. Il paraît qu'il ne peut se guérir de cette singulière lubie d'ouvrir sa bourse à toutes ces viles créatures qu'on nomme bannis, et que ces meurt-de-faims se réunissent chez lui tous les jours avant de mettre leurs souliers et de prendre leurs bâtons. Maintenant, mon projet est d'aller au plus vite manger le dîner de ce vieux gibier de potence, et de lui renouveler l'assurance de ma cordiale amitié. J'aurai ce soir quelque bonne histoire à vous conter, quelque charmante petite fredaine qui pourra faire lever de bonne heure demain matin quelques-unes de toutes ces canailles.

LE DUC.

Que je suis heureux de t'avoir, mignon! J'avoue que je ne comprends pas comment ils te reçoivent.

LORENZO.

Bon! Si vous saviez comme cela est aisé de mentir impudemment au nez d'un butor! Cela prouve bien que vous n'avez jamais essayé. A propos, ne m'avez-vous pas dit que vous vouliez donner votre portrait, je ne sais plus à qui? J'ai un peintre à vous amener; c'est un protégé.

LE DUC.

Bon, bon; mais pense à ta tante. C'est pour elle que je suis venu te voir; le diable m'emporte, tu as une tante qui me revient.

LORENZO.

Et la Cibo?

LE DUC.

Je te dis de parler de moi à ta tante.

Ils sortent.

Scène cinquième.

Une salle du palais des Strozzi.

PHILIPPE STROZZI; LE PRIEUR; LOUISE, *occupée à travailler;* LORENZO, *couché sur un sopha.*

PHILIPPE.

Dieu veuille qu'il n'en soit rien! Que de haines inextinguibles, implacables, n'ont pas commencé autrement! Un propos! la fumée d'un repas jasant sur les lèvres épaisses d'un débauché! voilà les guerres de famille, voilà comme les couteaux se tirent. On est insulté, et on tue; on a tué, et on est tué. Bientôt les haines s'enracinent; on berce les fils dans les cercueils de leurs aïeux, et des générations entières sortent de terre l'épée à la main.

LE PRIEUR.

J'ai peut-être eu tort de me souvenir de ce méchant propos et de ce maudit voyage à Montolivet; mais le moyen d'endurer ces Salviati?

PHILIPPE.

Ah! Léon, Léon, je te le demande, qu'y aurait-il de changé pour Louise et pour nous-mêmes si tu n'avais rien dit à mes enfans? La vertu d'une Strozzi ne peut-elle oublier un mot d'un Salviati? L'habitant d'un palais de marbre doit-il savoir les obscénités que la populace écrit sur ses murs? Qu'importe le propos d'un Julien? Ma fille en trouvera-t-elle moins un honnête mari? ses enfans la respecteront-ils moins? M'en souviendrai-je, moi, son père, en lui donnant le baiser du soir? Où en sommes-nous, si l'insolence du premier venu tire du fourreau des épées comme les nôtres? Maintenant tout est perdu; voilà Pierre furieux de tout ce que tu nous as conté. Il s'est mis en campagne; il est allé chez les Pazzi. Dieu sait ce qui peut arriver! Qu'il rencontre Salviati, voilà le sang répandu; le mien, mon sang sur le pavé de Florence! Ah! pourquoi suis-je père?

LE PRIEUR.

Si on m'eût rapporté un propos sur ma sœur, quel qu'il fût, j'aurais tourné le dos, et tout aurait été fini là. Mais celui-là m'était adressé; il était si grossier, que je me suis figuré que le rustre ne savait de qui il parlait; — mais il le savait bien.

PHILIPPE.

Oui, ils le savent, les infâmes! ils savent bien où ils frappent! Le vieux tronc d'arbre est d'un bois trop solide; ils ne viendraient pas l'entamer. Mais ils connaissent la fibre délicate qui tressaille dans ses entrailles lorsqu'on attaque son plus faible bourgeon. Ma Louise! ah! qu'est-ce donc que la raison? Les mains me tremblent à cette idée. Juste Dieu! la raison, est-ce donc la vieillesse?

LE PRIEUR.

Pierre est trop violent.

PHILIPPE.

Pauvre Pierre! comme le rouge lui est monté au front! comme il a frémi en t'écoutant raconter l'insulte faite à sa sœur! C'est moi qui suis un fou, car je t'ai laissé dire. Pierre se promenait par la chambre à grands pas, inquiet, furieux, la tête perdue; — il allait, il venait comme moi maintenant. Je le regardais en silence; c'est un si beau spectacle qu'un sang pur montant à un front sans reproche!

O ma patrie! pensais-je, en voilà un, et c'est mon aîné. Ah! Léon, j'ai beau faire, je suis un Strozzi.

LE PRIEUR.

Il n'y a peut-être pas tant de danger que vous le pensez. — C'est un grand hasard s'il rencontre Salviati ce soir. — Demain, nous verrons tous les choses plus sagement.

PHILIPPE.

N'en doute pas; Pierre le tuera, ou il se fera tuer.

Il ouvre la fenêtre.

Où sont-ils maintenant? Voilà la nuit; la ville se couvre de profondes ténèbres; ces rues sombres me font horreur; — le sang coule quelque part, j'en suis sûr.

LE PRIEUR.

Calmez-vous.

PHILIPPE.

A la manière dont mon Pierre est sorti, je suis sûr qu'il ne rentrera que vengé ou mort. Je l'ai vu décrocher son épée en fronçant le sourcil; il se mordait les lèvres, et les muscles de ses bras étaient tendus comme des arcs. Oui, oui, maintenant il meurt ou il est vengé, cela n'est pas douteux.

LE PRIEUR.

Remettez-vous, fermez cette fenêtre.

PHILIPPE.

Eh bien! Florence, apprends-la donc à tes pavés, la couleur de mon noble sang! Il y a quarante de tes fils qui l'ont dans les veines. Et moi, le chef de cette famille immense, plus d'une fois encore ma tête blanche se penchera du haut de ces fenêtres, dans les angoisses paternelles! plus d'une fois ce sang que tu bois peut-être à cette heure avec indifférence sèchera au soleil de tes places. Mais ne ris pas ce soir du vieux Strozzi, qui a peur pour son enfant. Sois avare de sa famille, car il viendra un jour où tu la compteras, où tu te mettras avec lui à la fenêtre, et où le cœur te battra aussi lorsque tu entendras le bruit de nos épées.

LOUISE.

Mon père, mon père! vous me faites peur.

LE PRIEUR, bas à Louise.

N'est-ce pas Thomas qui rôde sous ces lanternes? Il m'a semblé le reconnaître à sa petite taille; le voilà parti.

PHILIPPE.

Pauvre ville! où les pères attendent ainsi le retour de leurs enfans! Pauvre patrie! pauvre patrie! Il y en a bien d'autres à cette heure qui ont pris leur manteau et leur épée pour s'enfoncer dans cette nuit obscure; et ceux qui les attendent ne sont point inquiets; ils savent qu'ils mourront demain de misère, s'ils ne meurent de froid cette nuit. Et nous, dans ces palais somptueux, nous attendons qu'on nous insulte pour tirer nos épées! Le propos d'un ivrogne nous transporte de colère, et disperse dans ces sombres rues nos fils et nos amis! Mais les malheurs publics ne secouent pas la poussière de nos armes. On croit Philippe Strozzi un honnête homme, parce qu'il fait le bien sans empêcher le mal; et maintenant, moi, père, que ne donnerais-je pas pour qu'il y eût au monde un être capable de me rendre mon fils et de punir juridiquement l'insulte faite à ma fille? Mais pourquoi empêcherait-on le mal qui m'arrive, quand je n'ai pas empêché celui qui arrive aux autres, moi qui en avais le pouvoir? Je me suis courbé sur des livres, et j'ai rêvé pour ma patrie ce qu j'admirais dans l'antiquité. Les murs criaient vengeance autour de moi, et je me bouchais les oreilles pour m'enfoncer dans mes méditations; il a fallu que la tyrannie vînt me frapper au visage pour me faire dire : Agissons! et ma vengeance a des cheveux gris.

Entrent Pierre, Thomas et François Pazzi.

PIERRE.

C'est fait; Salviati est mort.

Il embrasse sa sœur.

LOUISE.

Quelle horreur! tu es couvert de sang.

PIERRE.

Nous l'avons attendu au coin de la rue des Archers; François a arrêté son cheval; Thomas l'a frappé à la jambe, et moi....

LOUISE.

Tais-toi! tais-toi! tu me fais frémir; tes yeux sortent de leurs orbites; tes mains sont hideuses; tout ton corps tremble, et tu es pâle comme la mort.

LORENZO, se levant.

Tu es beau, Pierre; tu es grand comme la vengeance.

PIERRE.

Qui dit cela ? Te voilà ici, toi, Lorenzaccio ?

Il s'approche de son père.

Quand donc fermerez-vous votre porte à ce misérable ? ne savez-vous donc pas ce que c'est, sans compter l'histoire de son duel avec Maurice ?

PHILIPPE.

C'est bon ; je sais tout cela : si Lorenzo est ici, c'est que j'ai de bonnes raisons pour l'y recevoir. Nous en parlerons en temps et lieu.

PIERRE, *entre ses dents.*

Hum ! des raisons pour recevoir cette canaille ! Je pourrais bien en trouver un de ces matins une très-bonne aussi pour le faire sauter par les fenêtres. Dites ce que vous voudrez, j'étouffe dans cette chambre de voir une pareille lèpre se traîner sur nos fauteuils.

PHILIPPE.

Allons ! paix ; tu es un écervelé ! Dieu veuille que ton coup de ce soir n'ait pas de mauvaises suites pour nous ! Il faut commencer par te cacher.

PIERRE.

Me cacher ! Et au nom de tous les saints, pourquoi me cacherais-je ?

LORENZO, à Thomas.

En sorte que vous l'avez frappé à l'épaule?... Dites-moi donc un peu...

Il l'entraîne dans l'embrasure d'une fenêtre; tous deux s'entretiennent à voix basse.

PIERRE.

Non, mon père, je ne me cacherai pas. L'insulte a été publique, il nous l'a faite au milieu d'une place. Moi, je l'ai assommé au milieu d'une rue, et il me convient demain matin de le raconter à toute la ville. Depuis quand se cache-t-on pour avoir vengé son honneur? Je me promènerais volontiers l'épée nue, et sans en essuyer une goutte de sang.

PHILIPPE.

Viens par ici, il faut que je te parle. Tu n'es pas blessé, mon enfant? tu n'as rien reçu dans tout cela?

Ils sortent.

Scène sixième.

—

Au palais du duc.

—

LE DUC, *à demi nu ;* TEBALDEO, *faisant son portrait;* GIOMO *joue de la guitare.*

GIOMO, chantant.

Quand je mourrai, mon échanson,
Porte mon cœur à ma maîtresse.
Qu'elle envoie au diable la messe,
La prêtraille et les oraisons.
Les pleurs ne sont que de l'eau claire ;
Dis-lui qu'elle éventre un tonneau ;
Qu'on entonne un chœur sur ma bière ;
J'y répondrai du fond de mon tombeau.

LE DUC.

Je savais bien que j'avais quelque chose à te demander. Dis-moi, Hongrois, que t'avait donc fait ce garçon que je t'ai vu bâtonner tantôt d'une si joyeuse manière?

GIOMO.

Ma foi, je ne saurais le dire, ni lui non plus.

LE DUC.

Pourquoi ? Est-ce qu'il est mort ?

GIOMO.

C'est un gamin d'une maison voisine; tout-à-l'heure, en passant, il m'a semblé qu'on l'enterrait.

LE DUC.

Quand mon Giomo frappe, il frappe ferme.

GIOMO.

Cela vous plaît à dire; je vous ai vu tuer un homme d'un coup plus d'une fois.

LE DUC.

Tu crois! J'étais donc gris? Quand je suis en pointe de gaîté, tous mes moindres coups sont mortels. Qu'as-tu donc, petit? est-ce que la main te tremble? tu louches terriblement.

TEBALDEO.

Rien, Monseigneur, plaise à Votre Altesse.

Entre Lorenzo.

LORENZO.

Cela avance-t-il? Êtes-vous content de mon protégé?

Il prend la cotte de mailles du duc sur le sopha.

Vous avez là une jolie cotte de mailles, mignon! Mais cela doit être bien chaud.

LE DUC.

En vérité, si elle me gênait, je n'en porterais pas. Mais c'est du fil d'acier; la lime la plus aiguë n'en pourrait ronger une maille, et en même temps c'est léger comme de la soie. Il n'y a peut-être pas la pareille dans toute l'Europe; aussi je ne la quitte guère, jamais, pour mieux dire.

LORENZO.

C'est très-léger, mais très-solide. Croyez-vous cela à l'épreuve du stylet?

LE DUC.

Assurément.

LORENZO.

Au fait, j'y réfléchis à présent : vous la portez toujours sous votre pourpoint. L'autre jour, à la chasse, j'étais en croupe derrière vous, et en vous tenant à bras le corps, je la sentais très-bien. C'est une prudente habitude.

LE DUC.

Ce n'est pas que je me défie de personne; comme tu dis, c'est une habitude, — pure habitude de soldat.

LORENZO.

Votre habit est magnifique. Quel parfum

que ces gants! Pourquoi donc posez-vous à moitié nu? Cette cotte de mailles aurait fait son effet dans votre portrait; vous avez eu tort de la quitter.

LE DUC.

C'est le peintre qui l'a voulu; cela vaut toujours mieux, d'ailleurs, de poser le col découvert : regarde les antiques.

LORENZO.

Où diable est ma guitare? Il faut que je fasse un second dessus à Giomo.

Il sort.

TEBALDEO.

Altesse, je n'en ferai pas davantage aujourd'hui.

GIOMO, à la fenêtre.

Que fait donc Lorenzo? Le voilà en contemplation devant le puits qui est au milieu du jardin : ce n'est pas là, il me semble, qu'il devrait chercher sa guitare.

LE DUC.

Donne-moi mes habits. Où est donc ma cotte de mailles?

GIOMO.

Je ne la trouve pas; j'ai beau chercher : elle s'est envolée.

LE DUC.

Renzino la tenait il n'y a pas cinq minutes; il l'aura jetée dans un coin en s'en allant, selon sa louable coutume de paresseux.

GIOMO.

Cela est incroyable; pas plus de cotte de mailles que sur ma main.

LE DUC.

Allons, tu rêves! Cela est impossible.

GIOMO.

Voyez vous-même, Altesse; la chambre n'est pas si grande.

LE DUC.

Renzo la tenait là, sur ce sopha.

Rentre Lorenzo.

Qu'as-tu donc fait de ma cotte? nous ne pouvons plus la trouver.

LORENZO.

Je l'ai remise où elle était. Attendez; non: je l'ai posée sur ce fauteuil; non, c'était sur le lit. Je n'en sais rien. Mais j'ai trouvé ma guitare.

Il chante en s'accompagnant.

Bonjour, madame l'abbesse...

GIOMO.

Dans le puits du jardin, apparemment? car vous étiez penché dessus tout-à-l'heure d'un air tout-à-fait absorbé.

LORENZO.

Cracher dans un puits pour faire des ronds est mon plus grand bonheur. Après boire et dormir, je n'ai pas d'autre occupation.

Il continue à jouer.

Bonjour, bonjour, abbesse de mon cœur.

LE DUC.

Cela est inoui que cette cotte se trouve perdue! Je crois que je ne l'ai pas ôtée deux fois dans ma vie, si ce n'est pour me coucher.

LORENZO.

Laissez donc, laissez donc. N'allez-vous pas faire un valet-de-chambre d'un fils de pape? Vos gens la trouveront.

LE DUC.

Que le diable t'emporte! c'est toi qui l'as égarée.

LORENZO.

Si j'étais duc de Florence, je m'inquièterais d'autre chose que de mes cottes. A propos, j'ai parlé de vous à la chère tante. Tout est au mieux; venez donc vous asseoir un peu ici que je vous parle à l'oreille.

GIOMO, bas au duc.

Cela est singulier, au moins; la cotte de mailles est enlevée.

LE DUC.

On la retrouvera.

Il s'asseoit à côté de Lorenzo.

GIOMO, à part.

Quitter la compagnie pour aller cracher dans le puits, cela n'est pas naturel. Je voudrais retrouver cette cotte de mailles, pour m'ôter de la tête une vieille idée qui se rouille de temps en temps. Bah! un Lorenzaccio! La cotte est sous quelque fauteuil.

Scène septième.

Devant le palais.

Entre SALVIATI, *couvert de sang et boitant; deux hommes le soutiennent.*

SALVIATI, criant.

Alexandre de Médicis, ouvre ta fenêtre, et regarde un peu comme on traite tes serviteurs.

ALEXANDRE, à la fenêtre.

Qui est là dans la boue? Qui se traîne aux murailles de mon palais avec ces cris épouvantables?

SALVIATI.

Les Strozzi m'ont assassiné; je vais mourir à ta porte.

LE DUC.

Lesquels des Strozzi, et pourquoi?

SALVIATI.

Parce que j'ai dit que leur sœur était amoureuse de toi, mon noble duc. Les Strozzi ont trouvé leur sœur insultée, parce que j'ai dit que tu lui plaisais; trois d'entre eux m'ont assassiné. J'ai reconnu Pierre et Thomas; je ne connais pas le troisième.

ALEXANDRE.

Fais-toi monter ici; par Hercule! les meurtriers passeront la nuit en prison, et on les pendra demain matin.

Salviati entre dans le palais.

ACTE TROISIÈME.

Scène première.

La chambre à coucher de Lorenzo.

LORENZO, SCORONCONCOLO, *faisant des armes.*

SCORONCONCOLO.

Maître, as-tu assez du jeu?

LORENZO.

Non; crie plus fort. Tiens, pare celle-ci! tiens, meurs! tiens, misérable!

SCORONCONCOLO.

A l'assassin! on me tue! on me coupe la gorge!

LORENZO.

Meurs! meurs! meurs! Frappe donc du pied.

SCORONCONCOLO.

A moi, mes archers! au secours! on me tue! Lorenzo de l'enfer!

LORENZO.

Meurs, infâme! Je te saignerai, pourceau, je te saignerai. Au cœur, au cœur, il est éventré. — Crie donc, frappe donc, tue donc! Ouvre-lui les entrailles! Coupons-le par morceaux, et mangeons, mangeons! J'en ai jusqu'au coude. Fouille dans la gorge, roule-le, roule! Mordons, mordons, et mangeons!

Il tombe épuisé.

SCORONCONCOLO, s'essuyant le front.

Tu as inventé un rude jeu, maître, et tu y vas en vrai tigre; mille millions de tonnerre, tu rugis comme une caverne pleine de panthères et de lions.

LORENZO.

O jour de sang, jour de mes noces! O soleil, soleil! il y a assez long-temps que tu es sec comme le plomb; tu te meurs de soif, soleil! son sang t'enivrera. O ma vengeance! qu'il y a long-temps que tes ongles poussent! O dents d'Ugolin, il vous faut le crâne, le crâne!

SCORONCONCOLO.

Es-tu en délire? As-tu la fièvre, ou es-tu toi-même un rêve?

LORENZO.

Lâche, lâche, — ruffian, — le petit maigre, les pères, les filles, — des adieux, des adieux sans fin, — les rives de l'Arno pleines d'adieux! — Les gamins l'écrivent sur les murs; — ris, vieillard, ris dans ton bonnet blanc, — tu ne vois pas que mes ongles poussent? — Ah! le crâne, le crâne!

Il s'évanouit.

SCORONCONCOLO.

Maître, tu as un ennemi.

Il lui jette de l'eau à la figure.

Allons, maître, ce n'est pas là peine de tant te démener. On a des sentimens élevés ou on n'en a pas; je n'oublierai jamais que tu m'as fait avoir une certaine grâce sans laquelle je serais loin. Maître, si tu as un ennemi, dis-le, et je t'en débarrasserai sans qu'il y paraisse autrement.

LORENZO.

Ce n'est rien ; je te dis que mon seul plaisir est de faire peur à mes voisins.

SCORONCONCOLO.

Depuis que nous trépignons dans cette chambre, et que nous y mettons tout à l'envers, ils doivent être bien accoutumés à notre tapage. Je crois que tu pourrais égorger trente hommes dans ce corridor, et les rouler sur ton plancher, sans qu'on s'aperçoive dans la maison qu'il s'y passe du nouveau. Si tu veux faire peur aux voisins, tu t'y prends mal. Ils ont eu peur la première fois, c'est vrai ; mais maintenant ils se contentent d'enrager, et ne s'en mettent pas en peine jusqu'au point de quitter leurs fauteuils ou d'ouvrir leurs fenêtres.

LORENZO.

Tu crois ?

SCORONCONCOLO.

Tu as un ennemi, maître. Ne t'ai-je pas vu frapper du pied la terre, et maudire le jour de ta naissance ? N'ai-je pas des oreilles ? Et au milieu de toutes tes fureurs, n'ai-je pas entendu raisonner distinctement un petit mot bien net : la vengeance ? Tiens, maître, crois-moi, tu maigris; — tu n'as plus le mot pour rire comme devant; — crois-moi, il n'y a rien de si mauvaise digestion qu'une bonne haine. Est-ce que sur deux hommes au soleil il n'y en a pas toujours un dont l'ombre gêne l'autre? Ton médecin est dans ma gaîne; laisse-moi te guérir.

Il tire son épée.

LORENZO.

Ce médecin-là t'a-t-il jamais guéri, toi?

SCORONCONCOLO.

Quatre ou cinq fois. Il y avait un jour à Padoue une petite demoiselle qui me disait....

LORENZO.

Montre-moi cette épée. Ah! garçon, c'est une brave lame.

SCORONCONCOLO.

Essaie-la, et tu verras.

LORENZO.

Tu as deviné mon mal, — j'ai un ennemi. Mais pour lui je ne me servirai pas d'une épée qui ait servi pour d'autre. Celle qui le tuera n'aura ici-bas qu'un baptême; elle gardera son nom.

SCORONCONCOLO.

Quel est le nom de l'homme ?

LORENZO.

Qu'importe? M'es-tu dévoué?

SCORONCONCOLO.

Pour toi, je remettrais le Christ en croix.

LORENZO.

Je te le dis en confidence, — je ferai le coup dans cette chambre. Ecoute bien, et ne te trompe pas. Si je l'abats du premier coup, ne t'avise pas de le toucher. Mais je ne suis pas plus gros qu'une puce, et c'est un sanglier. S'il se défend, je compte sur toi pour lui tenir les mains; rien de plus, entends-tu ? c'est à moi qu'il appartient. Je t'avertirai en temps et lieu.

SCORONCONCOLO.

Amen.

Scène deuxième.

Au palais Strozzi.

Entrent PHILIPPE *et* PIERRE.

PIERRE.

Quand je pense à cela, j'ai envie de me couper la main droite. Avoir manqué cette canaille! Un coup si juste, et l'avoir manqué! A qui n'était-ce pas rendre service que de faire dire aux gens: Il y a un Salviati de moins dans les rues? Mais le drôle a fait comme les araignées, — il s'est laissé tomber en repliant ses pattes crochues, et il a fait le mort de peur d'être achevé.

PHILIPPE.

Que t'importe qu'il vive? ta vengeance n'en est que plus complète.

PIERRE.

Oui, je le sais bien; voilà comme vous voyez

les choses. Tenez, mon père, vous êtes bon patriote, mais encore meilleur père de famille : ne vous mêlez pas de tout cela.

PHILIPPE.

Qu'as-tu encore en tête? Ne saurais-tu vivre un quart d'heure sans penser à mal?

PIERRE.

Non, par l'enfer, je ne saurais vivre un quart d'heure tranquille dans cet air empoisonné. Le ciel me pèse sur la tête comme une voûte de prison, et il me semble que je respire dans les rues des quolibets et des hoquets d'ivrognes. Adieu, j'ai affaire à présent.

PHILIPPE.

Où vas-tu?

PIERRE.

Pourquoi voulez-vous le savoir? Je vais chez les Pazzi.

PHILIPPE.

Attends-moi donc, car j'y vais aussi.

PIERRE.

Pas à présent, mon père; ce n'est pas un bon moment pour vous.

PHILIPPE.

Parle-moi franchement.

PIERRE.

Cela est entre nous. Nous sommes là une cinquantaine, les Rucellaï et d'autres, qui ne portons pas le bâtard dans nos entrailles.

PHILIPPE.

Ainsi donc?

PIERRE.

Ainsi donc les avalanches se font quelquefois au moyen d'un caillou gros comme le bout du doigt.

PHILIPPE.

Mais vous n'avez rien d'arrêté? pas de plan? pas de mesures prises? O enfans, enfans! jouer avec la vie et la mort! Des questions qui ont remué le monde! des idées qui ont blanchi des milliers de têtes, et qui les ont fait rouler comme des grains de sable sur les pieds du bourreau! des projets que la Providence elle-même regarde en silence et avec terreur, et qu'elle laisse achever à l'homme, sans oser y toucher! Vous parlez de tout cela en faisant des armes et en buvant un verre de vin d'Espagne, comme s'il s'agissait d'un cheval ou d'une mascarade! Savez-vous ce que c'est qu'une république? que l'artisan au fond de son atelier, que le laboureur dans son champ, que le citoyen sur la place, que la vie entière d'un royaume? le bonheur des hommes, Dieu, de justice! O enfans, enfans! savez-vous compter sur vos doigts?

PIERRE.

Un bon coup de lancette guérit tous les maux.

PHILIPPE.

Guérir! guérir! Savez-vous que le plus petit coup de lancette doit être donné par le médecin? Savez-vous qu'il faut une expérience longue comme la vie, et une science grande comme le monde, pour tirer du bras d'un malade une goutte de sang? N'étais-je pas offensé aussi, la nuit dernière, lorsque tu avais mis ton épée nue sous ton manteau? Ne suis-je pas le père de ma Louise, comme tu es son frère? N'était-ce pas une juste vengeance? Et cependant sais-tu ce qu'elle m'a coûté? Ah! les pères savent cela, mais non les enfans. Si tu es père un jour, nous en parlerons.

PIERRE.

Vous qui savez aimer, vous devriez savoir haïr.

PHILIPPE.

Qu'ont donc fait à Dieu ces Pazzi? Ils invitent leurs amis à venir conspirer, comme on invite à jouer aux dés, et les amis, en entrant dans leur cour, glissent dans le sang de leurs grands-pères [1]. Quelle soif ont donc leurs épées? Que voulez-vous donc, que voulez-vous?

PIERRE.

Et pourquoi vous démentir vous-même? Ne vous ai-je pas entendu cent fois dire ce que nous disons? Ne savons-nous pas ce qui vous occupe, quand vos domestiques voient à leur lever vos fenêtres éclairées des flambeaux de la veille? Ceux qui passent les nuits sans dormir ne meurent pas silencieux.

PHILIPPE.

Où en viendrez-vous? réponds-moi.

PIERRE.

Les Médicis sont une peste. Celui qui est mordu par un serpent n'a que faire d'un médecin; il n'a qu'à se brûler la plaie.

[1] *Voir* la Conspiration des Pazzi.

PHILIPPE.

Et quand vous aurez renversé ce qui est, que voulez-vous mettre à la place ?

PIERRE.

Nous sommes toujours sûrs de ne pas trouver pire.

PHILIPPE.

Je vous le dis, comptez sur vos doigts.

PIERRE.

Les têtesd'une hydre sont faciles à compter.

PHILIPPE.

Et vous voulez agir ? cela est décidé ?

PIERRE.

Nous voulons couper les jarrets aux meurtriers de Florence.

PHILIPPE.

Cela est irrévocable ? vous voulez agir ?

PIERRE.

Adieu, mon père ; laissez-moi aller seul.

PHILIPPE.

Depuis quand le vieil aigle reste-t-il dans le nid, quand ses aiglons vont à la curée ? O mes enfans ! ma brave et belle jeunesse ! vous qui avez la force que j'ai perdue, vous qui êtes aujourd'hui ce qu'était le jeune Philippe, laissez-le avoir vieilli pour vous! Emmène-moi, mon fils, je vois que vous allez agir. Je ne vous ferai pas de longs discours, je ne dirai que quelques mots; il peut y avoir quelque chose de bon dans cette tête grise: deux mots, et ce sera fait. Je ne radote pas encore; je ne vous serai pas à charge; ne pars pas sans moi, mon enfant; attends que je prenne mon manteau.

PIERRE.

Venez, mon noble père; nous baiserons le bas de votre robe. Vous êtes notre patriarche, venez voir marcher au soleil les rêves de votre vie. La liberté est mûre; venez, vieux jardinier de Florence, voir sortir de terre la plante que vous aimez.

Ils sortent.

Scène troisième.

Une rue.

UN OFFICIER ALLEMAND *et des soldats;* THOMAS STROZZI, *au milieu d'eux.*

L'OFFICIER.

Si nous ne le trouvons pas chez lui, nous le trouverons chez les Pazzi.

THOMAS.

Va ton train, et ne sois pas en peine; tu sauras ce qu'il en coûte.

L'OFFICIER.

Pas de menace; j'exécute les ordres du duc, et n'ai rien à souffrir de personne.

THOMAS.

Imbécile! qui arrête un Strozzi sur la parole d'un Médicis!

Il se forme un groupe autour d'eux.

UN BOURGEOIS.

Pourquoi arrêtez-vous ce seigneur? Nous le connaissons bien; c'est le fils de Philippe.

UN AUTRE.

Lâchez-le; nous répondons pour lui.

LE PREMIER.

Oui, oui, nous répondons pour les Strozzi. Laisse-le aller, ou prends garde à tes oreilles.

L'OFFICIER.

Hors de là, canaille! laissez passer la justice du duc, si vous n'aimez pas les coups de hallebardes.

Pierre et Philippe arrivent.

PIERRE.

Qu'y a-t-il? quel est ce tapage? Que fais-tu là, Thomas?

LE BOURGEOIS.

Empêche-le, Philippe, il veut emmener ton fils en prison.

PHILIPPE.

En prison? et sur quel ordre?

PIERRE.

En prison? Sais-tu à qui tu as affaire?

L'OFFICIER.

Qu'on saisisse cet homme.

Les soldats arrêtent Pierre.

PIERRE.

Lâchez-moi, misérables, ou je vous éventre comme des pourceaux!

PHILIPPE.

Sur quel ordre agissez-vous, monsieur?

L'OFFICIER, montrant l'ordre du duc.

Voilà mon mandat. J'ai ordre d'arrêter Pierre et Thomas Strozzi.

Les soldats repoussent le peuple, qui leur jette des cailloux.

PIERRE.

De quoi nous accuse-t-on? qu'avons-nous fait? Aidez-moi, mes amis; rossons cette canaille.

Il tire son épée. Un autre détachement de soldats arrive.

L'OFFICIER.

Venez ici; prêtez-moi main-forte.

Pierre est désarmé.

En marche! et le premier qui approche de trop près, un coup de pique dans le ventre! Cela leur apprendra à se mêler de leurs affaires.

PIERRE.

On n'a pas le droit de m'arrêter sans un ordre des Huit. Je me soucie bien des ordres d'Alexandre! Où est l'ordre des Huit?

L'OFFICIER.

C'est devant eux que nous vous menons.

PIERRE.

Si c'est devant eux, je n'ai rien à dire. De quoi suis-je accusé?

UN HOMME DU PEUPLE.

Comment, Philippe, tu laisses emmener tes enfans au tribunal des Huit?

PIERRE.

Répondez donc, de quoi suis-je accusé?

L'OFFICIER.

Cela ne me regarde pas.

Les soldats sortent avec Pierre et Thomas.

PIERRE, en sortant.

N'ayez aucune inquiétude, mon père; les Huit me renverront souper à la maison, et le bâtard en sera pour ses frais de justice.

PHILIPPE seul, s'asseyant sur un banc.

J'ai beaucoup d'enfans, mais pas pour long-temps, si cela va si vite. Où en sommes-nous donc si une vengeance aussi juste que le ciel que voilà est clair, est punie comme un crime! Eh quoi! les deux aînés d'une famille vieille comme la ville, emprisonnés comme des voleurs de grand chemin! la plus grossière insulte châtiée, un Salviati frappé, seulement frappé, et des hallebardes en jeu! Sors donc du fourreau, mon épée. Si le saint appareil des exécutions judiciaires devient la cuirasse des ruffians et des ivrognes, que la hache et le poignard, cette arme des assassins, protégent l'homme de bien. O Christ! la justice devenue une entremetteuse! l'honneur des Strozzi souffleté en place publique, et un tribunal répondant des quolibets d'un rustre! Un Salviati jetant à la plus noble famille de Florence son gand taché de vin et de sang, et, lorsqu'on le châtie, tirant pour se défendre le coupe-tête du bourreau! Lumière du soleil! j'ai parlé, il n'y a pas un quart d'heure, contre les idées de révolte, et voilà le pain qu'on me donne à manger, avec mes paroles de paix sur les lèvres! Allons, mes bras, remuez; et toi, vieux corps courbé par l'âge et par l'étude, redresse-toi pour l'action!

Entre Lorenzo.

LORENZO.

Demandes-tu l'aumône, Philippe, assis au coin de cette rue?

PHILIPPE.

Je demande l'aumône à la justice des hommes; je suis un mendiant affamé de justice, et mon honneur est en haillons.

LORENZO.

Quel changement va donc s'opérer dans le monde, et quelle robe nouvelle va revêtir la nature, si le masque de la colère s'est posé sur le visage auguste et paisible du vieux Philippe? O mon père, quelles sont ces plaintes? pour qui répands-tu sur la terre les joyaux les plus précieux qu'il y ait sous le soleil, les larmes d'un homme sans peur et sans reproche?

PHILIPPE.

Il faut nous délivrer des Médicis, Lorenzo. Tu es un Médicis toi-même, mais seulement par ton nom; si je t'ai bien connu, si la hideuse comédie que tu joues m'a trouvé impassible et fidèle spectateur, que l'homme sorte de l'histrion. Si tu as jamais été quelque chose d'honnête, sois-le aujourd'hui. Pierre et Thomas sont en prison.

LORENZO.

Oui, oui, je sais cela.

PHILIPPE.

Est-ce là ta réponse? est-ce là ton visage, homme sans épée?

LORENZO.

Que veux-tu? dis-le, et tu auras alors ma réponse.

PHILIPPE.

Agir! Comment, je n'en sais rien. Quel moyen employer, quel levier mettre sous cette citadelle de mort, pour la soulever et la pousser dans le fleuve; quoi faire, que résoudre, quels hommes aller trouver, je ne puis le savoir encore. Mais agir, agir, agir! O Lorenzo, le temps est venu. N'es-tu pas diffamé, traité de chien et de sans cœur? Si je t'ai tenu en dépit de tout ma porte ouverte, ma main ouverte, mon cœur ouvert, parle, et que je voie si je me suis trompé. Ne m'as-tu pas parlé d'un homme qui s'appelle aussi Lorenzo, et qui se cache derrière le Lorenzo que voilà? Cet homme n'aime-t-il pas sa patrie, n'est-il pas dévoué à ses amis? Tu le disais, et je l'ai cru. Parle, parle, le temps est venu.

LORENZO.

Si je ne suis pas tel que vous le désirez, que le soleil me tombe sur la tête.

PHILIPPE.

Ami, rire d'un vieillard désespéré, cela porte malheur; si tu dis vrai, à l'action! J'ai de toi des promesses qui engageraient Dieu lui-même, et c'est sur ces promesses que je t'ai reçu. Le rôle que tu joues est un rôle de boue et de lèpre, tel que l'enfant prodigue ne l'aurait pas joué dans un jour de démence; et cependant je t'ai reçu. Quand les pierres criaient à ton passage, quand chacun de tes pas faisait jaillir des mares de sang humain, je t'ai appelé du nom sacré d'ami; je me suis fait sourd pour te croire, aveugle pour t'aimer; j'ai laissé l'ombre de ta mauvaise réputation passer sur mon honneur, et mes enfans ont douté de moi en trouvant sur ma main la trace hideuse du contact de la tienne. Sois honnête, car je l'ai été; agis, car tu es jeune, et je suis vieux.

LORENZO.

Pierre et Thomas sont en prison; est-ce là tout?

PHILIPPE.

O ciel et terre, oui! c'est là tout. Presque rien, deux enfans de mes entrailles qui vont s'asseoir au banc des voleurs. Deux têtes que j'ai baisées autant de fois que j'ai de cheveux gris, et que je vais trouver demain matin clouées sur la porte de la forteresse; oui, c'est là tout, rien de plus, en vérité.

LORENZO.

Ne me parle pas sur ce ton; je suis rongé d'une tristesse auprès de laquelle la nuit la plus sombre est une lumière éblouissante.

Il s'asseoit près de Philippe.

PHILIPPE.

Que je laisse mourir mes enfans, cela est impossible, vois-tu! On m'arracherait les bras et les jambes, que, comme le serpent, les morceaux mutilés de Philippe se rejoindraient encore et se lèveraient pour la vengeance. Je connais si bien tout cela! Les Huit! un tribunal d'hommes de marbre! une forêt de spectres, sur laquelle passe de temps en temps le vent lugubre du doute qui les agite pendant une minute, pour se résoudre en un mot sans appel. Un mot, un mot, ô conscience! Ces hommes-là mangent, ils dorment, ils ont des femmes et des filles! Ah! qu'ils tuent et qu'ils égorgent; mais pas mes enfans, pas mes enfans!

LORENZO.

Pierre est un homme; il parlera, et il sera mis en liberté.

PHILIPPE.

O mon Pierre, mon premier né!

LORENZO.

Rentrez chez vous, tenez-vous tranquille, ou faites mieux, quittez Florence. Je vous réponds de tout, si vous quittez Florence.

PHILIPPE.

Moi, un banni! moi dans un lit d'auberge à mon heure dernière! O Dieu! tout cela pour une parole d'un Salviati.

LORENZO.

Sachez-le, Salviati voulait séduire votre fille, mais non pas pour lui seul. Alexandre a un pied dans le lit de cet homme; il y exerce le droit du seigneur sur la prostitution.

PHILIPPE.

Et nous n'agirions pas! O Lorenzo, Lorenzo, tu es un homme ferme, toi ; parle-moi, je suis faible, et mon cœur est trop intéressé dans tout cela. Je m'épuise, vois-tu ; j'ai trop réfléchi ici-bas ; j'ai trop tourné sur moi-même, comme un cheval de pressoir ; je ne vaux plus rien pour la bataille. Dis-moi ce que tu penses, je le ferai.

LORENZO.

Rentrez chez vous, mon bon monsieur.

PHILIPPE.

Voilà qui est certain, je vais aller chez les Pazzi ; là sont cinquante jeunes gens, tous déterminés. Ils ont juré d'agir ; je leur parlerai noblement, comme un Strozzi et comme un père, et ils m'entendront. Ce soir, j'inviterai à souper les quarante membres de ma famille ; je leur raconterai ce qui m'arrive. Nous verrons ! nous verrons ! rien n'est encore fait. Que les Médicis prennent garde à eux ! Adieu, je vais chez les Pazzi ; aussi bien, j'y allais avec Pierre, quand on l'a arrêté.

LORENZO.

Il y a plusieurs démons, Philippe ; celui

qui te tente en ce moment n'est pas le moins à craindre de tous.

PHILIPPE.

Que veux-tu dire?

LORENZO.

Prends-y garde; c'est un démon plus beau que Gabriel : la liberté, la patrie, le bonheur des hommes, tous ces mots résonnent à son approche comme les cordes d'une lyre, c'est le bruit des écailles d'argent de ses ailes flamboyantes. Les larmes de ses yeux fécondent la terre, et il tient à la main la palme des martyrs. Ses paroles épurent l'air autour de ses lèvres; son vol est si rapide que nul ne peut dire où il va. Prends-y garde! une fois, dans ma vie, je l'ai vu traverser les cieux. J'étais courbé sur mes livres; le toucher de sa main a fait frémir mes cheveux comme une plume légère. Que je l'aie écouté ou non, n'en parlons pas.

PHILIPPE.

Je ne te comprends qu'avec peine, et je ne sais pourquoi j'ai peur de te comprendre.

LORENZO.

N'avez-vous dans la tête que cela : délivrer

vos fils ? Mettez la main sur la conscience ; quelque autre pensée plus vaste, plus terrible, ne vous entraîne-t-elle pas comme un chariot étourdissant au milieu de cette jeunesse ?

PHILIPPE.

Eh bien ! oui, que l'injustice faite à ma famille soit le signal de la liberté. Pour moi, et pour tous, j'irai !

LORENZO.

Prends garde à toi, Philippe, tu as pensé au bonheur de l'humanité.

PHILIPPE.

Que veut dire ceci ? Es-tu dedans comme dehors une vapeur infecte ? Toi qui m'as parlé d'une liqueur précieuse dont tu étais le flacon, est-ce là ce que tu renfermes ?

LORENZO.

Je suis en effet précieux pour vous, car je tuerai Alexandre.

PHILIPPE.

Toi ?

LORENZO.

Moi, demain ou après demain. Rentrez chez vous, tâchez de délivrer vos enfans ; si vous ne le pouvez pas, laissez-leur subir une légère punition; je sais pertinemment qu'il n'y a pas d'autres dangers pour eux, et je vous répète que d'ici à quelques jours il n'y aura pas plus d'Alexandre de Médicis à Florence qu'il n'y a de soleil à minuit.

PHILIPPE.

Quand cela serait vrai, pourquoi aurais-je tort de penser à la liberté? Ne viendra-t-elle pas quand tu auras fait ton coup, si tu le fais?

LORENZO.

Philippe, Philippe, prends garde à toi. Tu as soixante ans de vertu sur ta tête grise; c'est un enjeu trop cher pour le jouer aux dés.

PHILIPPE.

Si tu caches sous ces sombres paroles quelque chose que je puisse entendre, parle; tu m'irrites singulièrement.

LORENZO.

Tel que tu me vois, Philippe, j'ai été honnête. J'ai cru à la vertu, à la grandeur humaine, comme un martyr croit à son Dieu. J'ai versé plus de larmes sur la pauvre Italie, que Niobé sur ses filles.

PHILIPPE.

Eh bien, Lorenzo?

LORENZO.

Ma jeunesse a été pure comme l'or. Pendant vingt ans de silence, la foudre s'est amoncelée dans ma poitrine, et il faut que je sois réellement une étincelle du tonnerre, car tout à coup, une certaine nuit que j'étais assis dans les ruines du Colysée antique, je ne sais pourquoi je me levai, je tendis vers le ciel mes bras trempés de rosée, et je jurai qu'un des tyrans de la patrie mourrait de ma main. J'étais un étudiant paisible, je ne m'occupais alors que des arts et des sciences, et il m'est impossible de dire comment cet étrange serment s'est fait en moi. Peut-être est-ce là ce qu'on éprouve quand on devient amoureux.

PHILIPPE.

J'ai toujours eu confiance en toi, et cependant je crois rêver.

LORENZO.

Et moi aussi. J'étais heureux alors; j'avais le cœur et les mains tranquilles; mon nom m'appelait au trône, et je n'avais qu'à laisser le soleil se lever et se coucher pour voir fleurir autour de moi toutes les espérances humaines. Les hommes ne m'avaient fait ni bien ni mal; mais j'étais bon, et, pour mon malheur éternel, j'ai voulu être grand. Il faut que je l'avoue; si la Providence m'a poussé à la résolution de tuer un tyran, quel qu'il fût, l'orgueil m'y a poussé aussi. Que te dirais-je de plus? Tous les Césars du monde me faisaient penser à Brutus.

PHILIPPE.

L'orgueil de la vertu est un noble orgueil. Pourquoi t'en défendrais-tu?

LORENZO.

Tu ne sauras jamais, à moins d'être fou, de quelle nature est la pensée qui m'a travaillé. Pour comprendre l'exaltation fiévreuse qui a enfanté en moi le Lorenzo qui te parle, il faudrait que mon cerveau et mes entrailles fussent à nu sous un scalpel. Une statue qui descendrait de son piédestal pour marcher parmi les hommes sur la place publique serait peut-être semblable à ce que j'ai été le jour où j'ai commencé à vivre avec cette idée : il faut que je sois un Brutus.

PHILIPPE.

Tu m'étonnes de plus en plus.

LORENZO.

J'ai voulu d'abord tuer Clément VII; je n'ai pas pu le faire, parce qu'on m'a banni de Rome avant le temps. J'ai recommencé mon ouvrage avec Alexandre. Je voulais agir seul, sans le secours d'aucun homme. Je travaillais pour l'humanité; mais mon orgueil restait solitaire au milieu de tous mes rêves philanthropiques. Il fallait donc entamer par la ruse un combat singulier avec mon ennemi. Je ne voulais pas soulever les masses, ni conquérir la gloire bavarde d'un paralytique comme Cicéron; je voulais arriver à l'homme, me prendre corps à corps avec la tyrannie vivante, la tuer, et après cela porter mon épée sanglante sur la tribune, et laisser la fumée du sang d'Alexandre monter au nez des harangueurs, pour réchauffer leur cervelle ampoulée.

PHILIPPE.

Quelle tête de fer as-tu, ami! quelle tête de fer!

LORENZO.

La tâche que je m'imposais était rude avec Alexandre. Florence était, comme aujourd'hui, noyée de vin et de sang. L'empereur et le pape avaient fait un duc d'un garçon boucher. Pour plaire à mon cousin, il fallait arriver à lui porté par les larmes des familles; pour devenir son ami, et acquérir sa confiance, il fallait baiser sur ses lèvres épaisses tous les restes de ses orgies. J'étais pur comme un lis, et cependant je n'ai pas reculé devant cette tâche. Ce que je suis devenu à cause de cela, n'en parlons pas. Tu dois comprendre que j'ai souffert, et il y a des blessures dont on ne lève pas l'appareil impunément. Je suis devenu vicieux, lâche, un objet de honte et d'opprobre; qu'importe? Ce n'est pas de cela qu'il s'agit.

PHILIPPE.

Tu baisses la tête; tes yeux sont humides.

LORENZO.

Non, je ne rougis point; les masques de plâtre n'ont point de rougeur au service de la honte. J'ai fait ce que j'ai fait. Tu sauras seulement que j'ai réussi dans mon entreprise.

Alexandre viendra bientôt dans un certain lieu d'où il ne sortira pas debout. Je suis au terme de ma peine, et sois certain, Philippe, que le buffle sauvage, quand le bouvier l'abat sur l'herbe, n'est pas entouré de plus de filets, de plus de nœuds coulans que je n'en ai tissu autour de mon bâtard. Ce cœur, jusques auquel une armée ne serait pas parvenue en un an, il est maintenant à nu sous ma main; je n'ai qu'à laisser tomber mon stylet pour qu'il y entre. Tout sera fait. Maintenant, sais-tu ce qui m'arrive, et ce dont je veux t'avertir?

PHILIPPE.

Tu es notre Brutus, si tu dis vrai.

LORENZO.

Je me suis cru un Brutus, mon pauvre Philippe; je me suis souvenu du bâton d'or couvert d'écorce. Maintenant je connais les hommes, et je te conseille de ne pas t'en mêler.

PHILIPPE.

Pourquoi?

LORENZO.

Ah! vous avez vécu tout seul, Philippe. Pareil à un fanal éclatant, vous êtes resté immobile au bord de l'océan des hommes, et vous avez regardé dans les eaux la réflexion de votre propre lumière; du fond de votre solitude, vous trouviez l'océan magnifique sous le dais splendide des cieux; vous ne comptiez pas chaque flot, vous ne jetiez pas la sonde; vous étiez plein de confiance dans l'ouvrage de Dieu. Mais moi, pendant ce temps-là, j'ai plongé; je me suis enfoncé dans cette mer houleuse de la vie; j'en ai parcouru toutes les profondeurs, couvert de ma cloche de verre; tandis que vous admiriez la surface, j'ai vu les débris des naufrages, les ossemens et les Léviathans.

PHILIPPE.

Ta tristesse me fend le cœur.

LORENZO.

C'est parce que je vous vois tel que j'ai été, et sur le point de faire ce que j'ai fait, que je vous parle ainsi. Je ne méprise point les hommes; le tort des livres et des historiens est de nous les montrer différens de ce qu'ils sont. La vie est comme une cité; on peut y rester cinquante ou soixante ans sans voir autre chose que des promenades et des palais; mais il ne faut pas entrer dans les tripots, ni s'arrêter, en rentrant chez soi, aux fenêtres des mauvais quartiers. Voilà mon avis, Philippe; s'il s'agit de sauver tes enfans, je te dis de rester tranquille; c'est le meilleur moyen pour qu'on te les renvoie après une petite semonce. S'il s'agit de tenter quelque chose pour les hommes, je te conseille de te couper les bras, car tu ne seras pas long-temps à t'apercevoir qu'il n'y a que toi qui en aies.

PHILIPPE.

Je conçois que le rôle que tu joues t'ait donné de pareilles idées. Si je te comprends bien, tu as pris, dans un but sublime, une route hideuse, et tu crois que tout ressemble à ce que tu as vu.

LORENZO.

Je me suis réveillé de mes rêves, rien de plus. Je te dis le danger d'en faire. Je connais la vie, et c'est une vilaine cuisine, sois-en persuadé. Ne mets pas la main là-dedans, si tu respectes quelque chose.

PHILIPPE.

Arrête; ne brise pas comme un roseau mon bâton de vieillesse. Je crois à tout ce que tu appelles des rêves; je crois à la vertu, à la pudeur et à la liberté.

LORENZO.

Et me voilà dans la rue, moi, Lorenzaccio? et les enfans ne me jettent pas de la boue? Les lits des filles sont encore chauds de ma sueur, et les pères ne prennent pas, quand je passe, leurs couteaux et leurs balais pour m'assommer? Au fond de ces dix mille maisons que voilà, la septième génération parlera encore de la nuit où j'y suis entré, et pas une ne vomit à ma vue un valet de charrue qui me fende en deux comme une bûche pourrie? L'air que vous respirez, Philippe, je le respire; mon manteau de soie bariolé traîne paresseusement sur le sable fin des promenades; pas une goutte de poison ne tombe dans mon chocolat; que dis-je? ô Philippe! les mères pauvres soulèvent honteusement le voile de leurs filles quand je m'arrête au seuil de leurs portes; elles me laissent voir leur beauté avec un sourire plus vil que le baiser de Judas, tandis que moi, pinçant le menton de la petite, je serre les poings de rage en remuant dans ma poche quatre ou cinq méchantes pièces d'or.

PHILIPPE.

Que le tentateur ne méprise pas le faible; pourquoi tenter, lorsque l'on doute?

LORENZO.

Suis-je un Satan? Lumière du ciel! je m'en souviens encore; j'aurais pleuré avec la première fille que j'ai séduite, si elle ne s'était mise à rire. Quand j'ai commencé à jouer mon rôle de Brutus moderne, je marchais dans mes habits neufs de la grande confrérie du vice comme un enfant de dix ans dans l'armure d'un géant de la fable. Je croyais que la corruption était un stygmate, et que les monstres seuls le portaient au front. J'avais commencé à dire tout haut que mes vingt années de vertu étaient un masque étouffant; ô Philippe! j'entrai alors dans la vie, et je vis qu'à mon approche tout le monde en faisait autant que moi; tous les masques tombaient devant mon regard; l'humanité souleva sa robe, et me montra, comme à un adepte digne d'elle, sa monstrueuse nudité. J'ai vu les hommes tels qu'ils sont, et je me suis dit : Pour qui est-ce donc que je travaille? Lorsque je parcourais les rues de Florence, avec mon fantôme à mes côtés, je regardais autour de moi, je cherchais les visages qui me donnaient du cœur, et je me demandais : Quand j'aurai fait mon coup, celui-là en profitera-t-il? J'ai vu les républicains dans leurs cabinets; je suis entré dans les boutiques, j'ai écouté et j'ai guetté. J'ai recueilli les discours des gens du peuple; j'ai vu l'effet que produisait sur eux la tyrannie; j'ai bu dans les banquets patriotiques le vin qui engendre la métaphore et la prosopopée; j'ai avalé entre deux baisers les larmes les plus vertueuses; j'attendais toujours que l'humanité me laissât voir sur sa face quelque chose d'honnête. J'observais comme un amant observe sa fiancée en attendant le jour des noces.

PHILIPPE.

Si tu n'as vu que le mal, je te plains, mais je ne puis te croire. Le mal existe, mais non pas sans le bien; comme l'ombre existe, mais non sans la lumière.

LORENZO.

Tu ne veux voir en moi qu'un mépriseur d'hommes, c'est me faire injure. Je sais parfaitement qu'il y en a de bons. Mais à quoi servent-ils? que font-ils? comment agissent-ils? qu'importe que la conscience soit vivante, si le bras est mort? Il y a de certains côtés par où tout devient bon: un chien est un ami fidèle; on peut trouver en lui le meilleur des serviteurs, comme on peut voir aussi qu'il se roule sur les cadavres, et que la langue avec laquelle il lèche son maître sent la charogne d'une lieue. Tout ce que j'ai à voir, moi, c'est que je suis perdu, et que les hommes n'en profiteront pas plus qu'ils ne me comprendront.

PHILIPPE.

Pauvre enfant, tu me navres le cœur! Mais si tu es honnête, quand tu auras délivré ta patrie, tu le redeviendras. Cela réjouit mon vieux cœur, Lorenzo, de penser que tu es honnête; alors tu jetteras ce déguisement hideux qui te défigure, et tu redeviendras d'un métal aussi pur que les statues de bronze d'Harmonius et d'Aristogiton.

LORENZO.

Philippe, Philippe, j'ai été honnête. La main qui a soulevé une fois le voile de la vérité ne peut plus le laisser retomber; elle reste immobile jusqu'à la mort, tenant toujours ce voile terrible, et l'élevant de plus en plus au-dessus de la tête de l'homme, jusqu'à ce que l'ange du sommeil éternel lui bouche les yeux.

PHILIPPE.

Toutes les maladies se guérissent ; et le vice est une maladie aussi.

LORENZO.

Il est trop tard. Je me suis fait à mon métier. Le vice a été pour moi un vêtement; maintenant il est collé à ma peau. Je suis vraiment un ruffian, et quand je plaisante sur mes pareils, je me sens sérieux comme la mort au milieu de ma gaîté. Brutus a fait le fou pour tuer Tarquin, et ce qui m'étonne en lui, c'est qu'il n'y ait pas laissé sa raison. Profite de moi, Philippe, voilà ce que j'ai à te dire : ne travaille pas pour ta patrie.

PHILIPPE.

Si je te croyais, il me semble que le ciel s'obscurcirait pour toujours, et que ma vieillesse serait condamnée à marcher à tâtons. Que tu aies pris une route dangereuse, cela peut être; pourquoi ne pourrais-je en prendre une autre qui me mènerait au même point? Mon intention est d'en appeler au peuple, et d'agir ouvertement.

LORENZO.

Prends garde à toi, Philippe, celui qui te le dit sait pourquoi il le dit. Prends le chemin que tu voudras, tu auras toujours affaire aux hommes.

PHILIPPE.

Je crois à l'honnêteté des républicains.

LORENZO.

Je te fais une gageure. Je vais tuer Alexandre; une fois mon coup fait, si les républicains se comportent comme ils le doivent, il leur sera facile d'établir une république, la plus belle qui ait jamais fleuri sur la terre. Qu'ils aient pour eux le peuple, et tout est dit. Je te gage que ni eux ni le peuple ne feront rien. Tout ce que je te demande, c'est de ne pas t'en mêler; parle, si tu le veux, mais prends garde à tes paroles, et encore plus à tes actions. Laisse-moi faire mon coup; tu as les mains pures, et moi, je n'ai rien à perdre.

PHILIPPE.

Fais-le, et tu verras.

LORENZO.

Soit, — mais souviens-toi de ceci. Vois-tu dans cette petite maison cette famille assemblée autour d'une table? ne dirait-on pas des hommes? Ils ont un corps, et une âme dans ce corps. Cependant s'il me prenait envie d'entrer chez eux, tout seul, comme me voilà, et de poignarder leur fils aîné au milieu d'eux, il n'y aurait pas un couteau de levé sur moi.

PHILIPPE.

Tu me fais horreur. Comment le cœur peut-il rester grand avec des mains comme les tiennes?

LORENZO.

Viens, rentrons à ton palais, et tâchons de délivrer tes enfans.

PHILIPPE.

Mais pourquoi tueras-tu le duc, si tu as des idées pareilles?

LORENZO.

Pourquoi? tu le demandes?

PHILIPPE.

Si tu crois que c'est un meurtre inutile à ta patrie, comment le commets-tu?

LORENZO.

Tu me demandes cela en face? regarde-moi un peu. J'ai été beau, tranquille et vertueux.

PHILIPPE.

Quel abîme! quel abîme tu m'ouvres!

LORENZO.

Tu me demandes pourquoi je tue Alexandre? Veux-tu donc que je m'empoisonne, ou que je saute dans l'Arno? veux-tu donc que je sois un spectre, et qu'en frappant sur ce squelette,

Il frappe sa poitrine.

il n'en sorte aucun son? Si je suis l'ombre de moi-même, veux-tu donc que je m'arrache le seul fil qui rattache aujourd'hui mon cœur à quelques fibres de mon cœur d'autrefois! Songes-tu que ce meurtre, c'est tout ce qui me reste de ma vertu? Songes-tu que je glisse depuis deux ans sur un mur taillé à pic, et que ce meurtre est le seul brin d'herbe où j'aie pu cramponner mes ongles? Crois-tu donc que je n'aie plus d'orgueil, parce que je n'ai plus de honte? et veux-tu que je laisse mourir en silence l'énigme de ma vie? Oui, cela est certain, si je pouvais revenir à la vertu, si mon apprentissage de vice pouvait s'évanouir, j'épargnerais peut-être ce conducteur de bœufs. Mais j'aime le vin, le jeu et les filles; comprends-tu cela? Si tu honores en moi quelque chose, toi qui me parles, c'est mon meurtre que tu honores, peut-être justement parce que tu ne le ferais pas. Voilà assez long-temps, vois-tu, que les républicains me couvrent de boue et d'infamie; voilà assez long-temps que les oreilles me tintent, et que l'exécration des hommes empoisonne le pain que je mâche; j'en ai assez de me voir conspué par des lâches sans nom qui m'accablent d'injures pour se dispenser de m'assommer, comme ils le devraient. J'en ai assez d'entendre brailler en plein vent le bavardage humain; il faut que le monde sache un peu qui je suis, et qui il est. Dieu merci, c'est peut-être demain que je tue Alexandre; dans deux jours j'aurai fini. Ceux qui tournent autour de moi avec des yeux louches, comme autour d'une curiosité monstrueuse apportée d'Amérique, pourront satisfaire leur gosier et vider leur sac à paroles. Que les hommes me comprennent ou non, qu'ils agissent ou n'agissent pas, j'aurai dit aussi ce que j'ai à dire ; je leur ferai tailler leur plume, si je ne leur fais pas nettoyer leurs piques, et l'humanité gardera sur sa joue le soufflet de mon épée marqué en traits de sang. Qu'ils m'appellent comme ils voudront, Brutus ou Érostrate, il ne me plaît pas qu'ils m'oublient. Ma vie entière est au bout de ma dague, et que la Providence retourne ou non la tête en m'entendant frapper, je jette la nature humaine à pile ou face sur la tombe d'Alexandre ; dans deux jours les hommes comparaîtront devant le tribunal de ma volonté.

PHILIPPE.

Tout cela m'étonne, et il y a dans ce que tu m'as dit des choses qui me font peine, et d'autres qui me font plaisir. Mais Pierre et Thomas sont en prison, et je ne saurais là-dessus m'en fier à personne qu'à moi-même. C'est en vain que ma colère voudrait ronger son frein; mes entrailles sont émues trop vivement; tu peux avoir raison, mais il faut que j'agisse; je vais rassembler mes parens.

LORENZO.

Comme tu voudras ; mais prends garde à

toi. Garde-moi le secret, même avec tes amis, c'est tout ce que je demande.

Ils sortent.

Scène quatrième.

Au palais Soderini.

Entre CATHERINE, *lisant un billet.*

« Lorenzo a dû vous parler de moi; mais » qui pourrait vous parler dignement d'un » amour pareil au mien? Que ma plume vous » apprenne ce que ma bouche ne peut vous » dire et ce que mon cœur voudrait signer de » son sang. ALEXANDRE DE MÉDICIS. »

Si mon nom n'était pas sur l'adresse, je croirais que le messager s'est trompé, et ce que je lis me fait douter de mes yeux.

Entre Marie.

O ma mère chérie! voyez ce qu'on m'écrit;

expliquez-moi, si vous pouvez, ce mystère.

MARIE.

Malheureuse! malheureuse! il t'aime. Où t'a-t-il vue? où lui as-tu parlé?

CATHERINE.

Nulle part; un messager m'a apporté cela comme je sortais de l'église.

MARIE.

Lorenzo, dit-il, a dû te parler de lui? Ah! Catherine, avoir un fils pareil! Oui, faire de la sœur de sa mère la maîtresse du duc, non pas même la maîtresse, ô ma fille! Quels noms portent ces créatures! je ne puis le dire; oui, il manquait cela à Lorenzo. Viens, je veux lui porter cette lettre ouverte, et savoir devant Dieu comment il répondra.

CATHERINE.

Je croyais que le duc aimait... pardon, ma mère; mais je croyais que le duc aimait la comtesse de Cibo; on me l'avait dit.

MARIE.

Cela est vrai, il l'a aimée, s'il peut aimer.

CATHERINE.

Il ne l'aime plus? Ah! comment peut-on offrir sans honte un cœur pareil? Venez, ma mère, venez chez Lorenzo.

MARIE.

Donne-moi ton bras. Je ne sais ce que j'éprouve depuis quelques jours; j'ai eu la fièvre toutes les nuits : il est vrai que depuis trois mois elle ne me quitte guère. J'ai trop souffert, ma pauvre Catherine; pourquoi m'as-tu lu cette lettre? je ne puis plus rien supporter. Je ne suis plus jeune, et cependant il me semble que je le redeviendrais à certaines conditions; mais tout ce que je vois m'entraîne vers la tombe. Allons, soutiens-moi, pauvre enfant; je ne te donnerai pas long-temps cette peine.

Elles sortent.

Scène cinquième.

Chez la marquise.

LA MARQUISE, *parée, devant un miroir.*

Quand je pense que cela est, cela me fait l'effet d'une nouvelle qu'on m'apprendrait tout à coup. Quel précipice que la vie! Comment, il est déjà neuf heures, et c'est le duc que j'attends dans cette toilette! Qu'il en soit ce qu'il pourra, je veux essayer mon pouvoir.

Entre le cardinal.

LE CARDINAL.

Quelle parure, marquise! voilà des fleurs qui embaument.

LA MARQUISE.

Je ne puis vous recevoir, cardinal; j'attends une amie : vous m'excuserez.

LE CARDINAL.

Je vous laisse, je vous laisse. Ce boudoir

dont j'aperçois la porte entr'ouverte là-bas, c'est un petit paradis. Irai-je vous y attendre?

LA MARQUISE.

Je suis pressée, pardonnez-moi; non, pas dans mon boudoir; où vous voudrez.

LE CARDINAL.

Je reviendrai dans un moment plus favorable.

Il sort.

LA MARQUISE.

Pourquoi toujours le visage de ce prêtre? Quels cercles décrit donc autour de moi ce vautour à tête chauve, pour que je le trouve sans cesse derrière moi quand je me retourne? Est-ce que l'heure de ma mort serait proche?

Entre un page, qui lui parle à l'oreille.

C'est bon, j'y vais. Ah! ce métier de servante, tu n'y es pas fait, pauvre cœur orgueilleux.

Elle sort.

Scène sixième.

Le boudoir de la marquise.

LA MARQUISE, LE DUC.

LA MARQUISE.

C'est ma façon de penser; je t'aimerais ainsi.

LE DUC.

Des mots, des mots, et rien de plus.

LA MARQUISE.

Vous autres hommes, cela est si peu pour vous! Sacrifier le repos de ses jours, la sainte chasteté de l'honneur! quelquefois ses enfans même; — ne vivre que pour un seul être au monde; se donner, enfin, se donner, puisque cela s'appelle ainsi! Mais cela n'en vaut pas la peine : à quoi bon écouter une femme? une femme qui parle d'autre chose que de chiffons et de libertinage, cela ne se voit pas.

LE DUC.

Vous rêvez tout éveillée.

LA MARQUISE.

Oui, par le ciel! oui, j'ai fait un rêve; hélas! les rois seuls n'en font jamais : toutes les chimères de leurs caprices se transforment en réalités, et leurs cauchemars eux-mêmes se changent en marbre. Alexandre! Alexandre! quel mot que celui-là : Je peux si je veux! Ah! Dieu lui-même n'en sait pas plus : devant ce mot, les mains des peuples se joignent dans une prière craintive, et le pâle troupeau des hommes retient son haleine pour écouter.

LE DUC.

N'en parlons plus, ma chère, cela est fatigant.

LA MARQUISE.

Être un roi! sais-tu ce que c'est? Avoir au bout de son bras cent mille mains! Être le rayon du soleil qui sèche les larmes des hommes! être le bonheur et le malheur! Ah! quel frisson mortel cela donne! Comme il tremblerait, ce vieux du Vatican, si tu ouvrais tes ailes, toi mon aiglon! César est si loin! la garnison t'est si dévouée! Et, d'ailleurs, on égorge une armée et l'on n'égorge pas un peuple. Le jour où tu auras pour toi la nation tout entière, où tu seras la tête d'un corps libre, où tu diras : Comme le doge de Venise épouse l'Adriatique, ainsi je mets mon anneau d'or au doigt de ma belle Florence, et ses enfans sont mes enfans.... Ah! sais-tu ce que c'est qu'un peuple qui prend son bienfaiteur dans ses bras? Sais-tu ce que c'est que d'être porté comme un nourrisson chéri par le vaste océan des hommes? Sais-tu ce que c'est que d'être montré par un père à son enfant?

LE DUC.

Je me soucie de l'impôt ; pourvu qu'on le paie, que m'importe ?

LA MARQUISE.

Mais enfin, on t'assassinera. — Les pavés sortiront de terre et t'écraseront. Ah! la postérité! N'as-tu jamais vu ce spectre-là au chevet de ton lit? Ne t'es-tu jamais demandé ce que penseront de toi ceux qui sont dans le ventre des vivans? Et tu vis, toi, il est encore temps! Tu n'as qu'un mot à dire. Te souviens-tu du père de la patrie? Va, cela est facile d'être un grand roi, quand on est roi. Déclare Florence indépendante; réclame l'exécution du traité avec l'empire; tire ton épée, et montre-la; ils te diront de la remettre au fourreau, que ses éclairs leur font mal aux yeux. Songe donc comme tu es jeune! Rien n'est décidé sur ton compte. — Il y a dans le cœur des peuples de larges indulgences pour les princes, et la reconnaissance publique est un profond fleuve d'oubli pour leurs fautes passées. On t'a mal conseillé; on t'a trompé. — Mais il est encore temps; tu n'as qu'à dire; tant que tu es vivant, la page n'est pas tournée dans le livre de Dieu.

LE DUC.

Assez, ma chère, assez.

LA MARQUISE.

Ah! quand elle le sera! quand un misérable jardinier payé à la journée viendra arroser à contre-cœur quelques chétives marguerites autour du tombeau d'Alexandre; — quand les pauvres respireront gaîment l'air du ciel, et n'y verront plus planer le sombre météore de ta puissance; — quand ils parleront de toi en secouant la tête; — quand ils compteront autour de ta tombe les tombes de leurs parens, — es-tu sûr de dormir tranquille dans ton dernier sommeil? — Toi qui ne vas pas à la messe, et qui ne tiens qu'à l'impôt, es-tu sûr que l'éternité soit sourde, et qu'il n'y ait pas un écho de la vie dans le séjour hideux des trépassés? Sais-tu où vont les larmes des peuples quand le vent les emporte?

LE DUC.

Tu as une jolie jambe.

LA MARQUISE.

Ecoute-moi; tu es étourdi, je le sais; mais tu n'es pas méchant; non, sur Dieu, tu ne l'es pas, tu ne peux pas l'être. Voyons, fais-toi violence; — réfléchis un instant, un seul instant à ce que je te dis. N'y a-t-il rien dans tout cela? Suis-je décidément une folle?

LE DUC.

Tout cela me passe bien par la tête; mais qu'est-ce que je fais donc de si mal? Je vaux bien mes voisins; je vaux, ma foi, mieux que le pape. Tu me fais penser aux Strozzi avec tous les discours; — et tu sais que je les déteste. Tu veux que je me révolte contre César; César est mon beau-père, ma chère amie. Tu te figures que les Florentins ne m'aiment pas; je suis sûr qu'ils m'aiment, moi. Eh! parbleu, quand tu aurais raison, de qui veux-tu que j'aie peur?

LA MARQUISE.

Tu n'as pas peur de ton peuple, — mais tu as peur de l'empereur; tu as tué ou déshonoré des centaines de citoyens, et tu crois avoir tout fait quand tu mets une cotte de maille sous ton habit.

LE DUC.

Paix! point de ceci.

LA MARQUISE.

Ah! je m'emporte; je dis ce que je ne veux pas dire. Mon ami, qui ne sait pas que tu es brave? Tu es brave, comme tu es beau; ce que tu as fait de mal, c'est ta jeunesse; c'est ta tête, — que sais-je, moi? c'est le sang qui coule violemment dans ces veines brûlantes, c'est ce soleil étouffant qui nous pèse. — Je t'en supplie, que je ne sois pas perdue sans ressource; que mon nom, que mon pauvre amour pour toi ne soit pas inscrit sur une liste infâme. Je suis une femme, c'est vrai, et si la beauté est tout pour les femmes, bien d'autres valent mieux que moi. Mais n'as-tu rien, dis-moi, — dis-moi donc, toi! voyons! n'as-tu donc rien, rien là?

Elle lui frappe le cœur.

LE DUC.

Quel démon! Asseois-toi donc là, ma petite.

LA MARQUISE.

Eh bien! oui, je veux bien l'avouer, oui, j'ai de l'ambition, non pas pour moi, — mais toi! toi, et ma chère Florence! O Dieu! tu m'es témoin de ce que je souffre.

LE DUC.

Tu souffres? Qu'est-ce que tu as?

LA MARQUISE.

Non, je ne souffre pas. Ecoute! écoute! Je vois que tu t'ennuies auprès de moi. Tu comptes les momens, tu détournes la tête; ne t'en va pas encore: c'est peut-être la dernière fois que je te vois. Ecoute! je te dis que Florence t'appelle sa peste nouvelle, et qu'il n'y a pas une chaumière où ton portrait ne soit collé sur les murailles avec un coup de couteau dans le cœur. Que je sois folle, que tu me haïsses demain, que m'importe ? tu sauras cela.

LE DUC.

Malheur à toi, si tu joues avec ma colère !

LA MARQUISE.

Oui, malheur à moi ! malheur à moi !

LE DUC.

Une autre fois, — demain matin, si tu veux, nous pourrons nous revoir, — et parler de cela. Ne te fâche pas, si je te quitte à présent ; il faut que j'aille à la chasse.

LA MARQUISE.

Oui, malheur à moi ! malheur à moi !

LE DUC.

Pourquoi ? Tu as l'air sombre comme l'enfer. Pourquoi diable aussi te mêles-tu de politique ? Allons, allons, ton petit rôle de femme, et de vraie femme, te va si bien. Tu es trop dévote ; cela se formera. Aide-moi donc à remettre mon habit ; je suis tout débraillé.

LA MARQUISE.

Adieu, Alexandre.

Le duc l'embrasse. — Entre le cardinal.

LE CARDINAL.

Ah! — Pardon, Altesse, je croyais ma sœur toute seule. Je suis un maladroit ; c'est à moi d'en porter la peine. Je vous supplie de m'excuser.

LE DUC.

Comment l'entendez-vous? Allons donc, Malaspina, voilà qui sent le prêtre. Est-ce que vous devez voir ces choses-là ? Venez donc, venez donc ; que diable est-ce que cela vous fait?

Ils sortent ensemble.

LA MARQUISE, *seule, tenant le portrait de son mari.*

Où es-tu maintenant, Laurent? Il est midi passé ; tu te promènes sur la terrasse, devant les grands marronniers. Autour de toi paissent tes génisses grasses; tes garçons de ferme dînent à l'ombre ; la pelouse soulève son manteau blanchâtre aux rayons du soleil; les arbres, entretenus par tes soins, murmurent religieusement sur la tête blanche de leur vieux maître , tandis que l'écho de nos longues arcades répète avec respect le bruit de ton pas tranquille. O mon Laurent! j'ai perdu le trésor de ton honneur; j'ai voué au ridicule et au doute les dernières années de ta noble vie ; tu ne presseras plus sur ta cuirasse un cœur digne du tien ; ce sera une main tremblante qui t'apportera ton repas du soir quand tu rentreras de la chasse.

Scène septième.

Chez les Strozzi.

LES QUARANTE STROZZI, *à souper.*

PHILIPPE.

Mes enfans, mettons-nous à table.

LES CONVIVES.

Pourquoi reste-t-il deux siéges vides ?

PHILIPPE.

Pierre et Thomas sont en prison.

LES CONVIVES.

Pourquoi?

PHILIPPE.

Parce que Salviati a insulté ma fille, que voilà, à la foire de Montolivet, publiquement, et devant son frère Léon. Pierre et Thomas ont tué Salviati, et Alexandre de Médicis les a fait arrêter pour venger la mort de son ruffian.

LES CONVIVES.

Meurent les Médicis!

PHILIPPE.

J'ai rassemblé ma famille pour lui raconter mes chagrins, et la prier de me secourir. Soupons, et sortons ensuite l'épée à la main, pour redemander mes deux fils, si vous avez du cœur.

LES CONVIVES.

C'est dit; nous voulons bien.

PHILIPPE.

Il est temps que cela finisse, voyez-vous; on nous tuerait nos enfans et on déshonorerait nos filles. Il est temps que Florence apprenne à ces bâtards ce que c'est que le droit de vie et de mort. Les Huit n'ont pas le droit de condamner mes enfans ; et moi, je n'y survivrais pas, voyez-vous.

LES CONVIVES.

N'aie pas peur, Philippe, nous sommes là.

PHILIPPE.

Je suis le chef de la famille ; comment souffrirais-je qu'on m'insultât ? Nous sommes tout autant que les Médicis, les Rucellaï tout autant, les Aldobrandini, et vingt autres. Pourquoi ceux-là pourraient-ils faire égorger nos enfans plutôt que nous les leurs ? Qu'on allume un tonneau de poudre dans les caves de la citadelle, et voilà la garnison allemande en déroute. Que reste-t-il à ces Médicis ? Là est leur force ; hors de là, ils ne sont rien. Sommes-nous des hommes ? Est-ce à dire qu'on abattra d'un coup de hache les familles de Florence, et qu'on arrachera de la terre natale des racines aussi vieilles qu'elle ? C'est par nous qu'on commence ; c'est à nous de tenir ferme ; notre premier cri d'alarme, comme le coup de sifflet de l'oiseleur, va rabattre sur Florence une armée tout entière d'aigles chassés du nid ; ils ne sont pas loin ; ils tournoient autour de la ville, les yeux fixés sur ses clochers. Nous y planterons les drapeaux noirs de la peste; ils accourront à ce signal de mort. Ce sont les couleurs de la colère céleste. Ce soir, allons d'abord délivrer nos fils; demain nous irons tous ensemble, l'épée nue, à la porte de toutes les grandes familles; il y a à Florence quatre-vingts palais, et de chacun d'eux sortira une troupe pareille à la nôtre quand la liberté y frappera.

LES CONVIVES.

Vive la liberté!

PHILIPPE.

Je prends Dieu à témoin que c'est la violence qui me force à tirer l'épée; que je suis resté durant soixante ans bon et paisible citoyen; que je n'ai jamais fait de mal à qui que ce soit au monde, et que la moitié de ma fortune a été employée à secourir les malheureux.

LES CONVIVES.

C'est vrai.

PHILIPPE.

C'est une juste vengeance qui me pousse à la révolte, et je me fais rebelle, parce que Dieu m'a fait père. Je ne suis poussé par aucun motif d'ambition, ni d'intérêt, ni d'orgueil. Ma cause est loyale, honorable et sacrée. Emplissez vos coupes, et levez-vous. Notre vengeance est une hostie que nous pouvons briser sans crainte et nous partager devant Dieu. Je bois à la mort des Médicis!

LES CONVIVES se lèvent et boivent

A la mort des Médicis!

LOUISE, posant son verre.

Ah! je vais mourir.

PHILIPPE.

Qu'as-tu, ma fille, mon enfant bien-aimée? qu'as-tu, mon Dieu! que t'arrive-t-il? Mon Dieu, mon Dieu, comme tu pâlis! Parle, qu'as-tu? parle à ton père. Au secours! au secours! un médecin! Vite, vite, il n'est plus temps.

LOUISE.

Je vais mourir, je vais mourir.

Elle meurt.

PHILIPPE.

Elle s'en va, mes amis, elle s'en va! Un médecin! ma fille est empoisonnée!

Il tombe à genoux près de Louise.

UN CONVIVE.

Coupez son corset; faites-lui boire de l'eau tiède; si c'est du poison, il faut de l'eau tiède.

Les domestiques accourent.

UN AUTRE CONVIVE.

Frappez-lui dans les mains; ouvrez les fenêtres, et frappez-lui dans les mains.

UN AUTRE.

Ce n'est peut-être qu'un étourdissement; elle aura bu avec trop de précipitation.

UN AUTRE.

Pauvre enfant! Comme ses traits sont calmes! Elle ne peut pas être morte ainsi tout d'un coup.

PHILIPPE.

Mon enfant! es-tu morte, es-tu morte, Louise, ma fille bien-aimée?

LE PREMIER CONVIVE.

Voilà le médecin qui accourt.

Un médecin entre.

LE SECOND CONVIVE.

Dépêchez-vous, monsieur; dites-nous si c'est du poison.

PHILIPPE.

C'est un étourdissement, n'est-ce pas?

LE MÉDECIN.

Pauvre jeune fille! Elle est morte.

Un profond silence règne dans la salle; Philippe est toujours à genoux auprès de Louise et lui tient les mains.

UN DES CONVIVES.

C'est du poison des Médicis. Ne laissons pas Philippe dans l'état où il est. Cette immobilité est effrayante.

UN AUTRE.

Je suis sûr de ne pas me tromper. Il y avait autour de la table un domestique qui a appartenu à la femme de Salviati.

UN AUTRE.

C'est lui qui a fait le coup, sans aucun doute. Sortons, et arrêtons-le.

Ils sortent.

LE PREMIER CONVIVE.

Philippe ne veut pas répondre à ce qu'on lui dit; il est frappé de la foudre.

UN AUTRE.

C'est horrible! C'est un meurtre inouï!

UN AUTRE.

Cela crie vengeance au ciel; sortons, et allons égorger Alexandre.

UN AUTRE.

Oui, sortons; mort à Alexandre! C'est lui qui a tout ordonné. Insensés que nous sommes! ce n'est pas d'hier que date sa haine contre nous. Nous agissons trop tard.

UN AUTRE.

Salviati n'en voulait pas à cette pauvre Louise pour son propre compte; c'est pour le duc qu'il travaillait. Allons, partons, quand on devrait nous tuer jusqu'au dernier.

PHILIPPE se lève.

Mes amis, vous enterrerez ma pauvre fille, n'est-ce pas?

Il met son manteau.

dans mon jardin, derrière les figuiers. Adieu, mes bons amis; adieu, portez-vous bien.

UN CONVIVE.

Où vas-tu, Philippe?

PHILIPPE.

J'en ai assez, voyez-vous; j'en ai autant que

j'en puis porter. J'ai mes deux fils en prison, et voilà ma fille morte. J'en ai assez, je m'en vais d'ici.

UN CONVIVE.

Tu t'en vas? tu t'en vas sans vengeance?

PHILIPPE.

Oui, oui. Ensevelissez seulement ma pauvre fille, mais ne l'enterrez pas; c'est à moi de l'enterrer; je le ferai à ma façon, chez de pauvres moines que je connais, et qui viendront la chercher demain. A quoi sert-il de la regarder? elle est morte; ainsi cela est inutile. Adieu, mes amis, rentrez chez vous; portez-vous bien.

UN CONVIVE.

Ne le laissez pas sortir; il a perdu la raison.

UN AUTRE.

Quelle horreur! je me sens prêt à m'évanouir dans cette salle.

Il sort.

PHILIPPE.

Ne me faites pas violence; ne m'enfermez pas dans une chambre où est le cadavre de ma fille; laissez-moi m'en aller.

UN CONVIVE.

Venge-toi, Philippe, laisse-nous te venger.

Que ta Louise soit notre Lucrèce! Nous ferons boire à Alexandre le reste de son verre.

UN AUTRE.

La nouvelle Lucrèce ! Nous allons jurer sur son corps de mourir pour la liberté! Rentre chez toi, Philippe, pense à ton pays. Ne rétracte pas tes paroles.

PHILIPPE.

Liberté, vengeance, voyez-vous, tout cela est beau; j'ai deux fils en prison, et voilà ma fille morte. Si je reste ici, tout va mourir autour de moi. L'important, c'est que je m'en aille, et que vous vous teniez tranquilles. Quand ma porte et mes fenêtres seront fermées, on ne pensera plus aux Strozzi. Si elles restent ouvertes, je m'en vais vous voir tomber tous les uns après les autres. Je suis vieux, voyez-vous, il est temps que je ferme ma boutique; adieu, mes amis, restez tranquilles; si je n'y suis plus, on ne vous fera rien. Je m'en vais de ce pas à Venise.

UN CONVIVE.

Il fait un orage épouvantable; reste ici cette nuit.

PHILIPPE.

N'enterrez pas ma pauvre enfant; mes vieux moines viendront demain, et ils l'emporteront. Dieu de justice! Dieu de justice! que t'ai-je fait?

Il sort en courant.

ACTE QUATRIÈME.

Scène première.

—

Au palais du duc.

—

Entrent LE DUC *et* LORENZO.

LE DUC.

J'aurais voulu être là ; il devait y avoir plus d'une face en colère. Mais je ne conçois pas qui a pu empoisonner cette Louise.

LORENZO.

Ni moi non plus; à moins que ce ne soit vous.

LE DUC.

Philippe doit être furieux! On dit qu'il est parti pour Venise. Dieu merci, me voilà délivré de ce vieillard insupportable. Quant à la chère famille, elle aura la bonté de se tenir tranquille. Sais-tu qu'ils ont failli faire une petite révolution dans leur quartier? On m'a tué deux Allemands.

LORENZO.

Ce qui me fâche le plus, c'est que cet honnête Salviati a une jambe coupée. Avez-vous retrouvé votre cotte de mailles?

LE DUC.

Non, en vérité; j'en suis plus mécontent que je ne puis le dire.

LORENZO.

Méfiez-vous de Giomo; c'est lui qui vous l'a volée. Que portez-vous à la place?

LE DUC.

Rien; je ne puis en supporter une autre; il n'y en a pas d'aussi légère que celle-là.

LORENZO.

Cela est fâcheux pour vous.

LE DUC.

Tu ne me parles pas de ta tante.

LORENZO.

C'est par oubli, car elle vous adore ; ses yeux ont perdu le repos depuis que l'astre de votre amour s'est levé dans son pauvre cœur. De grâce, seigneur, ayez quelque pitié pour elle ; dites quand vous voulez la recevoir, et à quelle heure il lui sera loisible de vous sacrifier le peu de vertu qu'elle a.

LE DUC.

Parles-tu sérieusement ?

LORENZO.

Aussi sérieusement que la Mort elle-même. Je voudrais voir qu'une tante à moi ne couchât pas avec vous.

LE DUC.

Où pourrai-je la voir ?

LORENZO.

Dans ma chambre, seigneur ; je ferai mettre des rideaux blancs à mon lit et un pot de réséda sur ma table ; après quoi je coucherai par écrit sur votre calepin que ma tante sera en chemise à minuit précis, afin que vous ne l'oubliez pas après souper.

LE DUC.

Je n'en ai garde. Peste! Catherine est un morceau de roi. Eh! dis-moi, habile garçon, tu es vraiment sûr qu'elle viendra? Comment t'y es-tu pris?

LORENZO.

Je vous dirai cela.

LE DUC.

Je m'en vais voir un cheval que je viens d'acheter; adieu et à ce soir. Viens me prendre après souper; nous irons ensemble à ta maison; quant à la Cibo, j'en ai par-dessus les oreilles: hier encore, il a fallu l'avoir sur le dos pendant toute la chasse. Bonsoir, mignon.

Il sort.

LORENZO, seul.

Ainsi, c'est convenu. Ce soir je l'emmène chez moi, et demain les républicains verront ce qu'ils ont à faire, car le duc de Florence sera mort. Il faut que j'avertisse Scoroncon-colo. Dépêche-toi, soleil, si tu es curieux des nouvelles que cette nuit te dira demain.

Il sort.

Scène deuxième.

Une rue.

PIERRE *et* THOMAS STROZZI, *sortant de prison.*

PIERRE.

J'étais bien sûr que les Huit me renverraient absous, et toi aussi. Viens, frappons à notre porte, et allons embrasser notre père. Cela est singulier ; les volets sont fermés !

LE PORTIER, ouvrant.

Hélas ! seigneur, vous savez les nouvelles.

PIERRE.

Quelles nouvelles ? Tu as l'air d'un spectre qui sort d'un tombeau, à la porte de ce palais désert.

LE PORTIER.

Est-il possible que vous ne sachiez rien ?

Deux moines arrivent.

THOMAS.

Et que pourrions-nous savoir ? Nous sortons de prison. Parle ; qu'est-il arrivé ?

LE PORTIER.

Hélas! mes pauvres seigneurs ! cela est horrible à dire.

LES MOINES, *s'approchant.*

Est-ce ici le palais des Strozzi ?

LE PORTIER.

Oui ; que demandez-vous ?

LES MOINES.

Nous venons chercher le corps de Louise Strozzi. Voilà l'autorisation de Philippe, afin que vous nous laissiez l'emporter.

PIERRE.

Comment dites-vous ? Quel corps demandez-vous ?

LES MOINES.

Eloignez-vous, mon enfant, vous portez sur votre visage la ressemblance de Philippe ; il n'y a rien de bon à apprendre ici pour vous.

THOMAS.

Comment ? elle est morte ? morte ? ô Dieu du ciel !

Il s'asseoit à l'écart.

PIERRE.

Je suis plus ferme que vous ne pensez. Qui a tué ma sœur ? car on ne meurt pas à son âge dans l'espace d'une nuit, sans une cause surnaturelle. Qui l'a tuée, que je le tue ? Répondez-moi, ou vous êtes mort vous-même.

LE PORTIER.

Hélas! hélas! qui peut le dire ? Personne n'en sait rien.

PIERRE.

Où est mon père ? Viens, Thomas, point de larmes. Par le ciel, mon cœur se serre comme s'il allait s'ossifier dans mes entrailles, et rester un rocher pour l'éternité.

LES MOINES.

Si vous êtes le fils de Philippe, venez avec nous; nous vous conduirons à lui; il est depuis hier à notre couvent.

PIERRE.

Et je ne saurai pas qui a tué ma sœur ? Ecoutez-moi, prêtres; si vous êtes l'image de Dieu, vous pouvez recevoir un serment. Par tout ce qu'il y a d'instrumens de supplice sous le ciel, par les tortures de l'enfer... Non; je ne veux pas dire un mot. Dépêchons-nous, que je voie mon père. O Dieu! ô Dieu! faites que ce que je soupçonne soit la vérité, afin que je les broie sous mes pieds comme des grains de sable. Venez, venez; avant que je perde la force, ne me dites pas un mot; il s'agit là d'une vengeance, voyez-vous, telle que la colère céleste n'en a pas rêvé.

Ils sortent.

Scène troisième.

Une rue.

LORENZO, SCORONCONCOLO.

LORENZO.

Rentre chez toi, et ne manque pas de venir à minuit; tu t'enfermeras dans mon cabinet jusqu'à ce qu'on vienne t'avertir.

SCORONCONCOLO.

Oui, monseigneur.

Il sort.

LORENZO, *seul.*

De quel tigre a rêvé ma mère enceinte de moi? Quand je pense que j'ai aimé les fleurs, les prairies et les sonnets de Pétrarque, le spectre de ma jeunesse se lève devant moi en frissonnant. O Dieu! pourquoi ce seul mot, « à ce soir, » fait-il pénétrer jusque dans mes os cette joie brûlante comme un fer rouge? De quelles entrailles fauves, de quels velus embrassemens suis-je donc sorti? Que m'avait fait cet homme? Quand je pose ma main là, et que je réfléchis, — qui donc m'entendra dire demain: Je l'ai tué, sans me répondre: Pourquoi l'as-tu tué? Cela est étrange. Il a fait du mal aux autres, mais il m'a fait du bien, du moins à sa manière. Si j'étais resté tranquille au fond de mes solitudes de Cafaggiuolo, il ne serait pas venu m'y chercher, et moi, je suis venu le chercher à Florence. Pourquoi cela? Le spectre de mon père me conduisait-il, comme Oreste, vers un nouvel Egiste? M'avait-il offensé alors? Cela est étrange, et cependant pour cette action, j'ai tout quitté; la seule pensée de ce meurtre a fait tomber en poussière les rêves de ma vie; je n'ai plus été qu'une ruine, dès que ce meurtre, comme un corbeau sinistre, s'est posé sur ma route et m'a appelé à lui. Que veut dire cela? Tout-à-l'heure, en passant sur la place, j'ai entendu deux hommes parler d'une comète. Sont-ce bien les battemens d'un cœur humain que je sens là, sous les os de ma poitrine? Ah! pourquoi cette idée me vient-elle si souvent depuis quelque temps? Suis-je le bras de Dieu? Y a-t-il une nuée au-dessus de ma tête? Quand j'entrerai dans cette chambre, et que je voudrai tirer mon épée du fourreau, j'ai peur de tirer l'épée flamboyante de l'archange, et de tomber en cendres sur ma proie.

Il sort.

Scène quatrième.

Chez le marquis de Cibo.

Entrent LE CARDINAL *et* LA MARQUISE.

LA MARQUISE.

Comme vous voudrez, Malaspina.

LE CARDINAL.

Oui, comme je voudrai. Pensez-y à deux fois, marquise, avant de vous jouer à moi. Etes-vous une femme comme les autres, et faut-il qu'on ait une chaîne d'or au cou et un mandat à la main pour que vous compreniez qui on est? Attendez-vous qu'un valet crie à tue-tête en ouvrant une porte devant moi, pour savoir quelle est ma puissance? Apprenez-le : ce ne sont pas les titres qui font l'homme; je ne suis ni envoyé du pape ni capitaine de Charles-Quint, je suis plus que cela.

LA MARQUISE.

Oui, je le sais; César a vendu son ombre

au diable; cette ombre impériale se promène, affublée d'une robe rouge, sous le nom de Cibo.

LE CARDINAL.

Vous êtes la maîtresse d'Alexandre, songez à cela ; et votre secret est entre mes mains.

LA MARQUISE.

Faites-en ce qu'il vous plaira ; nous verrons l'usage qu'un confesseur sait faire de sa conscience.

LE CARDINAL.

Vous vous trompez ; ce n'est pas par votre confession que je l'ai appris ; je l'ai vu de mes propres yeux : je vous ai vu embrasser le duc. Vous me l'auriez avoué au confessionnal que je pourrais encore en parler sans péché, puisque je l'ai vu hors du confessionnal.

LA MARQUISE.

Eh bien, après ?

LE CARDINAL.

Pourquoi le duc vous quittait-il d'un pas si nonchalant, et en soupirant comme un écolier quand la cloche sonne? Vous l'avez rassasié de votre patriotisme, qui, comme une fade boisson, se mêle à tous les mets de votre table ;

quels livres avez-vous lus, et quelle sotte duègne était donc votre gouvernante, pour que vous ne sachiez pas que la maîtresse d'un roi parle ordinairement d'autre chose que de patriotisme?

LA MARQUISE.

J'avoue que l'on ne m'a jamais appris bien nettement de quoi devait parler la maîtresse d'un roi; j'ai négligé de m'instruire sur ce point, comme aussi, peut-être, de manger du riz pour m'engraisser, à la mode turque.

LE CARDINAL.

Il ne faut pas une grande science pour garder un amant un peu plus de trois jours.

LA MARQUISE.

Qu'un prêtre eût appris cette science à une femme, cela eût été fort simple; que ne m'avez-vous conseillée?

LE CARDINAL.

Voulez-vous que je vous conseille? Prenez votre manteau, et allez vous glisser dans l'alcôve du duc. S'il s'attend à des phrases en vous voyant, prouvez-lui que vous savez n'en pas faire à toutes les heures; soyez pareille à une somnambule, et faites en sorte que s'il s'endort sur ce cœur républicain, ce ne soit pas d'ennui. Êtes-vous vierge? n'y a-t-il plus de vin de Chypre? n'avez-vous pas au fond de la mémoire quelque joyeuse chanson? n'avez-vous pas lu l'Arétin?

LA MARQUISE.

O ciel! j'ai entendu murmurer des mots comme ceux-là à de hideuses vieilles qui grelotent sur le Marché-Neuf. Si vous n'êtes pas un prêtre, êtes-vous un homme? Êtes-vous sûr que le ciel est vide, pour faire ainsi rougir votre pourpre elle-même?

LE CARDINAL.

Il n'y a rien de si vertueux que l'oreille d'une femme dépravée. Feignez ou non de me comprendre, mais souvenez-vous que mon frère est votre mari.

LA MARQUISE.

Quel intérêt vous avez à me torturer ainsi, voilà ce que je ne puis comprendre que vaguement. Vous me faites horreur; que voulez-vous de moi?

LE CARDINAL.

Il y a des secrets qu'une femme ne doit pas savoir, mais qu'elle peut faire prospérer en en sachant les élémens.

LA MARQUISE.

Quel fil mystérieux de vos sombres pensées voudriez-vous me faire tenir? Si vos désirs sont aussi effrayans que vos menaces, parlez; montrez-moi du moins le cheveu qui suspend l'épée sur ma tête.

LE CARDINAL.

Je ne puis parler qu'en termes couverts, par la raison que je ne suis pas sûr de vous. Qu'il vous suffise de savoir que si vous eussiez été une autre femme, vous seriez une reine à l'heure qu'il est. Puisque vous m'appelez l'ombre de César, vous auriez vu qu'elle est assez grande pour intercepter le soleil de Florence. Savez-vous où peut conduire un sourire féminin? Savez-vous où vont les fortunes dont les racines poussent dans les alcôves? Alexandre est fils du pape, apprenez-le; et quand le pape était à Bologne..... Mais je me laisse entraîner trop loin.

LA MARQUISE.

Prenez garde de vous confesser à votre tour. Si vous êtes frère de mon mari, je suis maîtresse d'Alexandre.

LE CARDINAL.

Vous l'avez été, marquise, et bien d'autres aussi.

LA MARQUISE.

Je l'ai été, oui, Dieu merci, je l'ai été.

LE CARDINAL.

J'étais sûr que vous commenceriez par vos rêves; il faudra cependant que vous en veniez quelque jour aux miens. Écoutez-moi, nous nous querellons assez mal à propos; mais en vérité vous prenez tout au sérieux. Réconciliez-vous avec Alexandre, et puisque je vous ai blessée tout-à-l'heure en vous disant comment, je n'ai que faire de le répéter. Laissez-vous conduire; dans un an, dans deux ans, vous me remercierez. J'ai travaillé long-temps pour être ce que je suis, et je sais où l'on peut aller. Si j'étais sûr de vous, je vous dirais des choses que Dieu lui-même ne saura jamais.

LA MARQUISE.

N'espérez rien, et soyez assuré de mon mépris.

Elle veut sortir.

LE CARDINAL.

Un instant ! pas si vite ! N'entendez-vous pas le bruit d'un cheval ? mon frère ne doit-il pas revenir aujourd'hui ou demain ? me connaissez-vous pour un homme qui a deux paroles ? Allez au palais ce soir, ou vous êtes perdue.

LA MARQUISE.

Mais enfin, que vous soyez ambitieux, que tous les moyens vous soient bons, je le conçois ; mais parlerez-vous plus clairement ? Voyons, Malaspina, je ne veux pas désespérer tout-à-fait de ma perversion. Si vous pouvez me convaincre, faites-le, — parlez-moi franchement. Quel est votre but ?

LE CARDINAL.

Vous ne désespérez pas de vous laisser convaincre, n'est-il pas vrai ? Me prenez-vous pour un enfant, et croyez-vous qu'il suffise de me frotter les lèvres de miel pour me les desserrer ? Agissez d'abord, je parlerai après. Le jour où, comme femme, vous aurez pris l'empire nécessaire, non pas sur l'esprit d'Alexandre duc de Florence, mais sur le cœur d'Alexandre votre amant, je vous apprendrai le reste, et vous saurez ce que j'attends.

LA MARQUISE.

Ainsi donc quand j'aurai lu l'Arétin pour me donner une première expérience, j'aurai à lire, pour en acquérir une seconde, le livre secret de vos pensées? Voulez-vous que je vous dise, moi, ce que vous n'osez pas me dire? Vous servez le pape, jusqu'à ce que l'empereur trouve que vous êtes meilleur valet que le pape lui-même. Vous espérez qu'un jour César vous devra bien réellement, bien complètement, l'esclavage de l'Italie, et ce jour-là, — oh! ce jour-là, n'est-il pas vrai, celui qui est le roi de la moitié du monde pourrait bien vous donner en récompense le chétif héritage des cieux. Pour gouverner Florence en gouvernant le duc, vous vous feriez femme tout-à-l'heure, si vous pouviez. Quand la pauvre Ricciarda Cibo aura fait faire deux ou trois coups d'état à Alexandre, on aura bientôt ajouté que Ricciarda Cibo mène le duc, mais qu'elle est menée par son beau-frère; et, comme vous dites, qui sait jusqu'où les larmes des peuples, devenues un Océan, pourraient lancer votre barque? Est-ce à peu près cela? Mon imagination ne peut aller aussi loin que la vôtre, sans doute; mais je crois que c'est à peu près cela.

LE CARDINAL.

Allez ce soir chez le duc, ou vous êtes perdue.

LA MARQUISE.

Perdue? et comment?

LE CARDINAL.

Ton mari saura tout.

LA MARQUISE.

Faites-le, faites-le! je me tuerai.

LE CARDINAL.

Menace de femme! Ecoutez, et ne vous jouez pas à moi. Que vous m'ayez compris bien ou mal, allez ce soir chez le duc.

LA MARQUISE.

Non.

LE CARDINAL.

Voilà votre mari qui entre dans la cour. Par tout ce qu'il y a de sacré au monde, je lui raconte tout, si vous dites non encore une fois.

LA MARQUISE.

Non, non, non!

Entre le marquis.

LA MARQUISE.

Laurent, pendant que vous étiez à Massa, je me suis livrée à Alexandre. Je me suis livrée, sachant qui il était, et quel rôle misérable j'allais jouer. Mais voilà un prêtre qui veut m'en faire jouer un plus vil encore; il me propose des horreurs pour m'assurer le titre de maîtresse du duc, et le tourner à son profit.

Elle se jette à genoux.

LE MARQUIS.

Êtes-vous folle? Que veut-elle dire, Malaspina? — Eh bien! vous voilà comme une statue. Ceci est-il une comédie, cardinal? Eh bien donc! que faut-il que j'en pense?

LE CARDINAL.

Ah! corps du Christ!

Il sort.

LE MARQUIS.

Elle est évanouie. Holà! qu'on apporte du vinaigre.

Scène cinquième.

—

La chambre de Lorenzo.

—

LORENZO, DEUX DOMESTIQUES.

LORENZO.

Quand vous aurez placé ces fleurs sur la table et celles-ci au pied du lit, vous ferez un bon feu, mais de manière à ce que cette nuit la flamme ne flambe pas, et que les charbons échauffent sans éclairer. Vous me donnerez la clef, et vous irez vous coucher.

Entre Catherine.

CATHERINE.

Notre mère est malade; ne viens-tu pas la voir, Renzo?

LORENZO.

Ma mère est malade ?

CATHERINE.

Hélas! je ne puis te cacher la vérité. J'ai reçu hier un billet du duc, dans lequel il me disait que tu avais dû me parler d'amour pour lui ; cette lecture a fait bien du mal à Marie.

LORENZO.

Cependant je ne t'avais pas parlé de cela. N'as-tu pas pu lui dire que je n'étais pour rien là-dedans ?

CATHERINE.

Je le lui ai dit. Pourquoi ta chambre est-elle aujourd'hui si belle, et en si bon état? je ne croyais pas que l'esprit d'ordre fût ton majordome.

LORENZO.

Le duc t'a donc écrit? Cela est singulier que je ne l'aie point su. Et, dis-moi, que penses-tu de sa lettre?

CATHERINE.

Ce que j'en pense ?

LORENZO.

Oui, de la déclaration d'Alexandre. Qu'en pense ce petit cœur innocent ?

CATHERINE.

Que veux-tu que j'en pense?

LORENZO.

N'as-tu pas été flattée? un amour qui fait l'envie de tant de femmes! un titre si beau à conquérir, la maîtresse de.... Va-t-en, Catherine, va dire à ma mère que je te suis. Sors d'ici. Laisse-moi!

Catherine sort.

Par le ciel! quel homme de cire suis-je donc? Le vice, comme la robe de Déjanire, s'est-il si profondément incorporé à mes fibres, que je ne puisse plus répondre de ma langue, et que l'air qui sort de mes lèvres se fasse ruffian malgré moi? J'allais corrompre Catherine; je crois que je corromprais ma mère, si mon cerveau le prenait à tâche; car Dieu sait quelle corde et quel arc les Dieux ont tendus dans ma tête, et quelle force ont les flèches qui en partent. Si tous les hommes sont des parcelles d'un foyer immense, assurément l'être inconnu qui m'a pétri a laissé tomber un tison au lieu d'une étincelle dans ce corps faible et chancelant. Je puis délibérer et choisir, mais non revenir sur mes pas quand j'ai choisi. O Dieu! les jeunes gens à la mode ne se font-ils pas une gloire d'être vicieux, et les enfans qui sortent du collége ont-ils quelque chose de plus pressé que de se pervertir? Quel bourbier doit donc être l'espèce humaine qui se rue ainsi dans les tavernes avec des lèvres affamées de débauche, quand moi, qui n'ai voulu prendre qu'un masque pareil à leurs visages, et qui ai été aux mauvais lieux avec une résolution inébranlable de rester pur sous mes vêtemens souillés, je ne puis ni me retrouver moi-même, ni laver mes mains, même avec du sang! Pauvre Catherine! tu mourrais cependant, comme Louise Strozzi, ou tu te laisserais tomber comme tant d'autres dans l'éternel abîme, si je n'étais pas là. O Alexandre! je ne suis pas dévot; mais je voudrais, en vérité, que tu fisses ta prière avant de venir ce soir dans cette chambre. Catherine n'est-elle pas vertueuse, irréprochable? Combien faudrait-il pourtant de paroles pour faire de cette colombe ignorante la proie de ce gladiateur aux poils roux? Quand je pense que j'ai failli parler! Que de filles maudites par leurs pères rôdent au coin des bornes ou regardent leur tête rasée dans le miroir cassé d'une cellule, qui ont valu autant que Catherine, et qui ont écouté un ruffian moins habile que moi! Eh bien! j'ai commis bien des crimes, et si ma vie est jamais dans la balance d'un juge quelconque, il y aura d'un côté une montagne de sanglots; mais il y aura peut-être de l'autre une goutte de lait pur tombée du sein de Catherine, et qui aura nourri d'honnêtes enfans.

Il sort.

Scène sixième.

Une vallée; un couvent dans le fond.

Entrent PHILIPPE STROZZI *et deux Moines; des novices portent le cercueil de Louise; ils le posent dans un tombeau.*

PHILIPPE.

Avant de la mettre dans son dernier lit, laissez-moi l'embrasser. Lorsqu'elle était couchée, c'est ainsi que je me penchais sur elle pour lui donner le baiser du soir. Ses yeux mélancoliques étaient ainsi fermés à demi; mais ils se rouvraient au premier rayon du soleil, comme deux fleurs d'azur; elle se levait doucement le sourire sur les lèvres, et elle venait rendre à son vieux père son baiser de la veille. Sa figure céleste rendait délicieux un moment bien triste, le réveil d'un homme fatigué de la vie. Un jour de plus, pensais-je en voyant l'aurore, un sillon de plus dans mon champ! Mais alors j'apercevais ma fille, la vie m'apparaissait sous la forme de sa beauté, et la clarté du jour était la bienvenue.

On ferme le tombeau.

PIERRE STROZZI, derrière la scène.

Par ici, venez, par ici.

PHILIPPE.

Tu ne te lèveras plus de ta couche; tu ne poseras pas tes pieds nus sur ce gazon pour revenir trouver ton père. O ma Louise! il n'y a que Dieu qui ait su qui tu étais, et moi, moi, moi!

PIERRE, entrant.

Ils sont cent à Sestino, qui arrivent du Piémont. Venez, Philippe, le temps des larmes est passé.

PHILIPPE.

Enfant, sais-tu ce que c'est que le temps des larmes ?

PIERRE.

Les bannis se sont rassemblés à Sestino ; il est temps de penser à la vengeance ; marchons franchement sur Florence avec notre petite armée. Si nous pouvons arriver à propos pendant la nuit, et surprendre les postes de la citadelle, tout est dit. Par le ciel, j'élèverai à ma sœur un autre mausolée que celui-là.

PHILIPPE.

Non pas moi ; allez sans moi, mes amis.

PIERRE.

Nous ne pouvons nous passer de vous ; sachez-le, les confédérés comptent sur votre nom ; François Ier lui-même attend de vous un mouvement en faveur de la liberté. Il vous écrit, comme au chef des républicains florentins ; voilà sa lettre.

PHILIPPE *ouvre la lettre.*

Dis à celui qui t'a apporté cette lettre qu'il

réponde ceci au roi de France : Le jour où Philippe portera les armes contre son pays, il sera devenu fou.

PIERRE.

Quelle est cette nouvelle sentence?

PHILIPPE.

Celle qui me convient.

PIERRE.

Ainsi vous perdez la cause des bannis, pour le plaisir de faire une phrase? Prenez garde, mon père, il ne s'agit pas là d'un passage de Pline; réfléchissez avant de dire non.

PHILIPPE.

Il y a soixante ans que je sais ce que je devais répondre à la lettre du roi de France.

PIERRE.

Cela passe toute idée! vous me forceriez à vous dire de certaines choses. Venez avec nous, mon père, je vous en supplie. Lorsque j'allais chez les Pazzi, ne m'avez-vous pas dit: Emmène-moi? Cela était-il différent alors?

PHILIPPE.

Très-différent. Un père offensé qui sort de

sa maison l'épée à la main, avec ses amis, pour aller réclamer justice, est très-différent d'un rebelle qui porte les armes contre son pays, en rase campagne et au mépris des lois.

PIERRE.

Il s'agissait bien de réclamer justice! il s'agissait d'assommer Alexandre! Qu'est-ce qu'il y a de changé aujourd'hui? Vous n'aimez pas votre pays, ou sans cela vous profiteriez d'une occasion comme celle-ci.

PHILIPPE.

Une occasion, mon Dieu, cela, une occasion!

Il frappe le tombeau.

PIERRE.

Laissez-vous fléchir.

PHILIPPE.

Je n'ai pas une douleur ambitieuse; laisse-moi seul, j'en ai assez dit.

PIERRE.

Vieillard obstiné! inexorable faiseur de sentences! vous serez cause de notre perte.

PHILIPPE.

Tais-toi, insolent! sors d'ici.

PIERRE.

Je ne puis dire ce qui se passe en moi. Allez où il vous plaira, nous agirons sans vous cette fois. Eh! mort-de-Dieu, il ne sera pas dit que tout soit perdu faute d'un traducteur de latin.

Il sort.

PHILIPPE.

Ton jour est venu, Philippe! tout cela signifie que ton jour est venu.

Il sort.

Scène septième.

Le bord de l'Arno; un quai. On voit une longue suite de palais.

Entre LORENZO.

Voilà le soleil qui se couche; je n'ai pas de temps à perdre, et cependant tout ressemble ici à du temps perdu.

Il frappe à une porte.

Holà! seigneur Alamanno! holà!

ALAMANNO, sur sa terrasse.

Qui est là? que me voulez-vous?

LORENZO.

Je viens vous avertir que le duc doit être tué cette nuit; prenez vos mesures pour demain avec vos amis, si vous aimez la liberté.

ALAMANNO.

Par qui doit être tué Alexandre?

LORENZO.

Par Lorenzo de Médicis.

ALAMANNO.

C'est toi, Renzinaccio? Eh! entre donc souper avec de bons vivans qui sont dans mon salon.

LORENZO.

Je n'ai pas le temps; préparez-vous à agir demain.

ALAMANNO.

Tu veux tuer le duc, toi? Allons donc! tu as un coup de vin dans la tête.

Il sort.

LORENZO, seul.

Peut-être que j'ai tort de leur dire que c'est

moi qui tuerai Alexandre, car tout le monde refuse de me croire.

Il frappe à une autre porte.

Holà! seigneur Pazzi, holà!

PAZZI, sur sa terrasse.

Qui m'appelle?

LORENZO.

Je viens vous dire que le duc sera tué cette nuit; tâchez d'agir demain pour la liberté de Florence.

PAZZI.

Qui doit tuer le duc?

LORENZO.

Peu importe, agissez toujours, vous et vos amis. Je ne puis vous dire le nom de l'homme.

PAZZI.

Tu es fou, drôle, va-t-en au diable.

Il sort.

LORENZO, seul.

Il est clair que si je ne dis pas que c'est moi, on me croira encore bien moins.

Il frappe à une porte.

Holà, seigneur Corsini!

LE PROVÉDITEUR, sur sa terrasse.

Qu'est-ce donc?

LORENZO.

Le duc Alexandre sera tué cette nuit.

LE PROVÉDITEUR.

Vraiment, Lorenzo! si tu es gris, va plaisanter ailleurs. Tu m'as blessé bien mal à propos un cheval, au bal des Nasi; que le diable te confonde!

Il sort.

LORENZO.

Pauvre Florence! pauvre Florence!

Il sort.

Scène huitième.

—

Une plaine.

—

Entrent PIERRE STROZZI *et* DEUX BANNIS.

PIERRE.

Mon père ne veut pas venir. Il m'a été impossible de lui faire entendre raison.

PREMIER BANNI.

Je n'annoncerai pas cela à mes camarades. Il y a de quoi les mettre en déroute.

PIERRE.

Pourquoi? Montez à cheval ce soir, et allez bride abattue à Sestino; j'y serai demain matin. Dites que Philippe a refusé, mais que Pierre ne refuse pas.

PREMIER BANNI.

Les confédérés veulent le nom de Philippe: nous ne ferons rien sans cela.

PIERRE.

Le nom de famille de Philippe est le même que le mien; dites que Strozzi viendra, cela suffit.

PREMIER BANNI.

On me demandera lequel des Strozzi, et si je ne réponds pas Philippe, rien ne se fera.

PIERRE.

Imbécile! fais ce qu'on te dit, et ne répond que pour toi-même. Comment sais-tu d'avance que rien ne se fera?

PREMIER BANNI.

Seigneur, il ne faut pas maltraiter les gens.

PIERRE.

Allons, monte à cheval, et va à Sestino.

PREMIER BANNI.

Ma foi, monsieur, mon cheval est fatigué; j'ai fait douze lieues dans ma nuit. Je n'ai pas envie de le seller à cette heure.

PIERRE.

Tu n'es qu'un sot.

A l'autre banni.

Allez-y, vous; vous vous y prendrez mieux.

LE DEUXIÈME BANNI.

Le camarade n'a pas tort pour ce qui regarde Philippe; il est certain que son nom ferait bien pour la cause.

PIERRE.

Lâches! manans sans cœur! ce qui fait bien pour la cause, ce sont vos femmes et vos enfans qui meurent de faim, entendez-vous? Le nom de Philippe leur remplira la bouche, mais il ne leur remplira pas le ventre. Quels pourceaux êtes-vous?

LE DEUXIÈME BANNI.

Il est impossible de s'entendre avec un

homme aussi grossier; allons-nous-en, camarade.

PIERRE.

Va au diable, canaille! et dis à tes confédérés que s'ils ne veulent pas de moi, le roi de France en veut, lui; et qu'ils prennent garde qu'on ne me donne la main haute sur vous tous!

LE DEUXIÈME BANNI, à l'autre.

Viens, camarade, allons souper; je suis, comme toi, excédé de fatigue.

Ils sortent.

Scène neuvième.

Une place; il est nuit.

Entre LORENZO.

Je lui dirai que c'est un motif de pudeur, et j'emporterai la lumière; — cela se fait tous les jours; — une nouvelle mariée, par exemple, exige cela de son mari pour entrer dans la chambre nuptiale; et Catherine passe pour très-vertueuse. — Pauvre fille! qui l'est sous le soleil, si elle ne l'est pas? Que ma mère mourût de tout cela, voilà ce qui pourrait arriver.

Ainsi donc voilà qui est fait. Patience! une heure est une heure, et l'horloge vient de sonner. Si vous y tenez cependant! Mais non, pourquoi? Emporte le flambeau si tu veux; la première fois qu'une femme se donne, cela est tout simple. — Entrez donc, chauffez-vous donc un peu. — Oh! mon Dieu, oui, pur caprice de jeune fille; et quel motif de croire à ce meurtre? Cela pourra les étonner, même Philippe.

Te voilà, toi, face livide?

La lune paraît.

Si les républicains étaient des hommes, quelle révolution demain dans la ville! Mais Pierre est un ambitieux; les Ruccellaï seuls valent quelque chose.—Ah! les mots, les mots, les éternelles paroles! S'il y a quelqu'un là-haut, il doit bien rire de nous tous; cela est très-comique, très-comique, vraiment. — O bavardage humain! ô grand tueur de corps morts! grand défonceur de portes ouvertes! ô hommes sans bras!

Non! non! je n'emporterai pas la lumière. — J'irai droit au cœur; il se verra tuer...... Sang du Christ! on se mettra demain aux fenêtres.

Pourvu qu'il n'ait pas imaginé quelque cuirasse nouvelle, quelque cotte de mailles! maudite invention! Lutter avec Dieu et le diable, cela n'est rien; mais lutter avec des bouts de ferraille croisés les uns sur les autres par la main sale d'un armurier! Je passerai le second pour entrer; il posera son épée, là, — ou là, — oui, sur le canapé. — Quant à l'affaire du baudrier à rouler autour de la garde, cela est aisé; s'il pouvait lui prendre fantaisie de se coucher, voilà où serait le vrai moyen; couché, assis, ou debout? assis plutôt. Je commencerai par sortir; Scoroncolo est enfermé dans le cabinet. Alors nous venons, nous venons; je ne voudrais pourtant pas qu'il tournât le dos. J'irai à lui tout droit. — Allons, la paix, la paix! l'heure va venir. — Il faut que j'aille dans quelque cabaret; je ne m'aperçois pas que je prends du froid, et je boirai une bouteille; — non, je ne veux pas boire. Où diable vais-je donc? les cabarets sont fermés.

Est-elle bonne fille? — Oui, vraiment. — En chemise? — Oh! non, non, je ne le pense pas. — Pauvre Catherine! que ma mère mourût de tout cela, ce serait triste. Et quand je lui aurais dit mon projet, qu'aurais-je pu y faire? Au lieu de la consoler, cela lui aurait fait dire : crime, crime, jusqu'à son dernier soupir.

Je ne sais pourquoi je marche, je tombe de lassitude.

Il s'asseoit.

Pauvre Philippe! une fille belle comme le jour; une seule fois je me suis assis près d'elle sous le marronnier; ces petites mains blanches, comme cela travaillait! Que de journées j'ai passées, moi, assis sous les arbres! Ah! quelle tranquillité! quel horizon à Cafaggiuolo! Jeannette était jolie, la petite fille du concierge, en faisant sécher sa lessive. Comme elle chassait les chèvres qui venaient marcher sur son linge étendu sur le gazon! la chèvre blanche revenait toujours, avec ses grandes pattes menues.

Une horloge sonne.

Ah! ah! il faut que j'aille là-bas. — Bonsoir

mignon; eh! trinque donc avec Giomo. — Bon vin! cela serait plaisant qu'il lui vînt à l'idée de me dire: Ta chambre est-elle retirée? entendra-t-on quelque chose du voisinage? Cela serait plaisant; ah! on y a pourvu. Oui, cela serait drôle qu'il lui vînt cette idée!

Je me trompe d'heure; ce n'est que la demie. Quelle est donc cette lumière sous le portique de l'église? on taille, on remue des pierres. Il paraît que ces hommes sont courageux avec les pierres. Comme ils coupent! comme ils enfoncent! Ils font un crucifix; avec quel courage ils le clouent! Je voudrais voir que leur cadavre de marbre les prît tout d'un coup à la gorge.

Eh bien? eh bien? quoi donc? j'ai des envies de danser qui sont incroyables. Je crois, si je m'y laissais aller, que je sauterais comme un moineau sur tous ces gros platras et sur toutes ces poutres. Eh, mignon! eh! mignon! mettez vos gants neufs, un plus bel habit que cela, tra la la! faites-vous beau, la mariée est belle. Mais, je vous le dis à l'oreille, prenez garde à son petit couteau.

Il sort en courant.

Scène dixième.

—

Chez le duc.

—

LE DUC, *à souper;* GIOMO. *Entre le cardinal* CIBO.

LE CARDINAL.

Altesse, prenez garde à Lorenzo.

LE DUC.

Vous voilà, cardinal! asseyez-vous donc, et prenez donc un verre.

LE CARDINAL.

Prenez garde à Lorenzo, duc. Il a été demander ce soir à l'évêque de Marzi la permission d'avoir des chevaux de poste cette nuit.

LE DUC.

Cela ne se peut pas.

LE CARDINAL.

Je le tiens de l'évêque lui-même.

LE DUC.

Allons donc! je vous dis que j'ai de bonnes

raisons pour savoir que cela ne se peut pas.

LE CARDINAL.

Me faire croire est peut-être impossible; je remplis mon devoir en vous avertissant.

LE DUC.

Quand cela serait vrai, que voyez-vous d'effrayant à cela? Il va peut-être à Cafaggiuolo.

LE CARDINAL.

Ce qu'il y a d'effrayant, monseigneur, c'est qu'en passant sur la place pour venir ici, je l'ai vu de mes yeux sauter sur des poutres et des pierres comme un fou. Je l'ai appelé, et, je suis forcé d'en convenir, son regard m'a fait peur. Soyez certain qu'il mûrit dans sa tête quelque projet pour cette nuit.

LE DUC.

Et pourquoi ces projets me seraient-ils dangereux?

LE CARDINAL.

Faut-il tout dire, même quand on parle d'un favori? Apprenez qu'il a dit ce soir à deux personnes de ma connaissance, publiquement, sur leur terrasse, qu'il vous tuerait cette nuit.

LE DUC.

Buvez donc un verre de vin, cardinal. Est-ce que vous ne savez pas que Renzo est ordinairement gris au coucher du soleil?

Entre sire Maurice.

SIRE MAURICE.

Altesse, défiez-vous de Lorenzo. Il a dit à trois de mes amis, ce soir, qu'il voulait vous tuer cette nuit.

LE DUC.

Et vous aussi, brave Maurice, vous croyez aux fables? je vous croyais plus homme que cela.

SIRE MAURICE.

Votre Altesse sait si je m'effraie sans raison. Ce que je dis, je puis le prouver.

LE DUC.

Asseyez-vous donc, et trinquez avec le cardinal; vous ne trouverez pas mauvais que j'aille à mes affaires. Eh bien! mignon, est-il déjà temps?

Entre Lorenzo.

LORENZO.

Il est minuit tout-à-l'heure.

LE DUC.

Qu'on me donne mon pourpoint de zibeline.

LORENZO.

Dépêchons-nous, votre belle est peut-être déjà au rendez-vous.

LE DUC.

Quels gants faut-il prendre ? ceux de guerre ou ceux d'amour ?

LORENZO.

Ceux d'amour, Altesse.

LE DUC.

Soit, je veux être un vert galant.

Ils sortent.

SIRE MAURICE.

Que dites-vous de cela, cardinal ?

LE CARDINAL.

Que la volonté de Dieu se fait malgré les hommes.

Ils sortent.

Scène onzième.

—

La chambre de Lorenzo.

—

Entrent LE DUC *et* LORENZO.

LE DUC.

Je suis transi, — il fait vraiment froid.

Il ôte son épée.

Eh bien! mignon, qu'est-ce que tu fais donc?

LORENZO.

Je roule votre baudrier autour de votre épée, et je la mets sous votre chevet. Il est bon d'avoir toujours une arme sous la main.

Il entortille le baudrier de manière à empêcher l'épée de sortir du fourreau.

LE DUC.

Tu sais que je n'aime pas les bavardes, et il m'est revenu que la Catherine était une belle parleuse. Pour éviter les conversations, je vais me mettre au lit. A propos, pourquoi donc as-tu fait demander des chevaux de poste à l'évêque de Marzi?

LORENZO.

Pour aller voir mon frère, qui est très-malade, à ce qu'il m'écrit.

LE DUC.

Va donc chercher ta tante.

LORENZO.

Dans un instant.

Il sort.

LE DUC, seul.

Faire la cour à une femme qui vous répond oui, lorsqu'on lui demande oui ou non, cela m'a toujours paru très-sot, et tout-à-fait digne d'un Français. Aujourd'hui surtout, que j'ai soupé comme trois moines, je serais incapable de dire seulement : « Mon cœur, ou mes chères entrailles, » à l'infante d'Espagne. Je veux faire semblant de dormir ; ce sera peut-être cavalier, mais ce sera commode.

Il se couche.

Lorenzo rentre l'épée à la main.

LORENZO.

Dormez-vous, seigneur ?

Il le frappe.

LE DUC.

C'est toi, Renzo ?

LORENZO.

Seigneur, n'en doutez pas.

Il le frappe de nouveau.

Entre Scoronconcolo.

SCORONCONCOLO.

Est-ce fait?

LORENZO.

Regarde, il m'a mordu au doigt. Je garderai jusqu'à la mort cette bague sanglante, inestimable diamant.

SCORONCONCOLO.

Ah! mon Dieu, c'est le duc de Florence!

LORENZO, s'asseyant sur la fenêtre.

Que la nuit est belle! que l'air du ciel est pur! Respire, respire, cœur navré de joie!

SCORONCONCOLO.

Viens, maître, nous en avons trop fait. Sauvons-nous.

LORENZO.

Que le vent du soir est doux et embaumé! comme les fleurs des prairies s'entr'ouvrent! O nature magnifique! ô éternel repos!

SCORONCONCOLO.

Le vent va glacer sur votre visage la sueur qui en découle. Venez, seigneur.

LORENZO.

Ah ! Dieu de bonté ! quel moment !

SCORONCONCOLO, à part.

Son âme se dilate singulièrement. Quant à moi, je prendrai les devans.

Il veut sortir.

LORENZO.

Attends ! tire ces rideaux. Maintenant, donne-moi la clef de cette chambre.

SCORONCONCOLO.

Pourvu que les voisins n'aient rien entendu !

LORENZO.

Ne te souviens-tu pas qu'ils sont habitués à notre tapage ? Viens, partons.

Ils sortent.

ACTE CINQUIÈME.

Scène première.

—

Au palais du duc.

—

Entrent VALORI, SIRE MAURICE *et* GUICCIARDINI. *Une foule de courtisans circulent dans la salle et dans les environs.*

SIRE MAURICE.

Giomo n'est pas revenu encore de son message; cela devient de plus en plus inquiétant.

GUICCIARDINI.

Le voilà qui entre dans la salle.

Entre Giomo.

SIRE MAURICE.

Eh bien! qu'as-tu appris?

GIOMO.

Rien du tout.

Il sort.

GUICCIARDINI.

Il ne veut pas répondre; le cardinal Cibo est enfermé dans le cabinet du duc; c'est à lui seul que les nouvelles arrivent.

Entre un autre messager.

Eh bien! le duc est-il retrouvé? sait-on ce qu'il est devenu?

LE MESSAGER.

Je ne sais pas.

Il entre dans le cabinet.

VALORI.

Quel événement épouvantable, messieurs, que cette disparition! point de nouvelles du duc! Ne disiez-vous pas, sire Maurice, que vous l'avez vu hier au soir? Il ne paraissait pas malade?

Rentre Giomo.

GIOMO, à sire Maurice.

Je puis vous le dire à l'oreille, le duc est assassiné.

SIRE MAURICE.

Assassiné! par qui? où l'avez-vous trouvé?

GIOMO.

Où vous nous aviez dit : — dans la chambre de Lorenzo.

SIRE MAURICE.

Ah! sang du diable! Le cardinal le sait-il?

GIOMO.

Oui, Excellence.

SIRE MAURICE.

Que décide-t-il? qu'y a-t-il à faire? Déjà le peuple se porte en foule vers le palais; toute cette hideuse affaire a transpiré; nous sommes morts si elle se confirme; on nous massacrera.

Des valets portant des tonneaux pleins de vin et de comestibles passent dans le fond.

GUICCIARDINI.

Que signifie cela? va-t-on faire des distributions au peuple?

Entre un seigneur de la cour.

LE SEIGNEUR.

Le duc est-il visible, messieurs? Voilà un cousin à moi, nouvellement arrivé d'Allemagne, que je désire présenter à Son Altesse;

soyez assez bon pour le voir d'un œil favorable.

GUICCIARDINI.

Répondez-lui, seigneur Valori, je ne sais que lui dire.

VALORI.

La salle se remplit à tout instant de ces complimenteurs du matin. Ils attendent tranquillement qu'on les admette.

SIRE MAURICE, à Giomo.

On l'a enterré là ?

GIOMO.

Ma foi, oui, dans la sacristie. Que voulez-vous ? si le peuple apprenait cette mort-là, elle pourrait en causer bien d'autres. Lorsqu'il en sera temps, on lui fera des obsèques publiques. En attendant, nous l'avons emporté dans un tapis.

VALORI.

Qu'allons-nous devenir ?

PLUSIEURS SEIGNEURS s'approchent.

Nous sera-t-il bientôt permis de présenter nos devoirs à Son Altesse ? qu'en pensez-vous, messieurs ?

Entre le cardinal CIBO.

Oui, messieurs, vous pourrez entrer dans une heure ou deux; le duc a passé la nuit à une mascarade, et il repose dans ce moment.

Des valets suspendent des dominos aux croisées.

LES COURTISANS.

Retirons-nous; le duc est encore couché. Il a passé la nuit au bal.

Les courtisans se retirent. Entrent les Huit.

NICCOLINI.

Eh bien! cardinal, qu'y a-t-il de décidé?

LE CARDINAL.

Primo avluso non deficit alter
Aureus, et simili frondescit virga metallo.

Il sort.

NICCOLINI.

Voilà qui est admirable; mais qu'y a-t-il de fait? Le duc est mort; il faut en élire un autre, et cela le plus vite possible. Si nous n'avons pas un duc ce soir ou demain, c'en est fait de nous. Le peuple est en ce moment comme l'eau qui va bouillir.

VETTORI.

Je propose Octavien de Médicis.

CAPPONI.

Pourquoi? il n'est pas le premier par les droits du sang.

ACCIAIUOLI.

Si nous prenions le cardinal?

SIRE MAURICE.

Plaisantez-vous?

RUCCELLAÏ.

Pourquoi, en effet, ne prendriez-vous pas le cardinal, vous qui le laissez, au mépris de toutes les lois, se déclarer seul juge en cette affaire?

VETTORI.

C'est un homme capable de la bien diriger.

RUCCELLAÏ.

Qu'il se fasse donner l'ordre du pape.

VETTORI.

C'est ce qu'il a fait; le pape a envoyé l'autorisation par un courrier que le cardinal a fait partir dans la nuit.

RUCCELLAÏ.

Vous voulez dire par un oiseau, sans doute; car un courrier commence par prendre le temps d'aller, avant d'avoir celui de revenir. Nous traite-t-on comme des enfans?

CANIGIANI, s'approchant.

Messieurs, si vous m'en croyez, voilà ce que nous ferons : nous élirons duc de Florence mon fils naturel Julien.

RUCCELLAÏ.

Bravo! un enfant de cinq ans! n'a-t-il pas cinq ans, Canigiani?

GUICCIARDINI, bas.

Ne voyez-vous pas le personnage? c'est le cardinal qui lui met dans la tête cette sotte proposition; Cibo serait régent, et l'enfant mangerait des gâteaux.

RUCCELLAÏ.

Cela est honteux; je sors de cette salle, si on y tient de pareils discours.

Entre CORSI.

Messieurs, le cardinal vient d'écrire à Côme de Médicis.

LES HUIT.

Sans nous consulter?

CORSI.

Le cardinal a écrit pareillement à Pise, à Arezzo, et à Pistoie, aux commandans militaires. Jacques de Médicis sera demain ici avec le plus de monde possible; Alexandre Vitelli est déjà dans la forteresse, avec la garnison entière. Quant à Lorenzo, il est parti trois courriers pour le joindre.

RUCCELLAÏ.

Qu'il se fasse duc tout de suite, votre cardinal ; cela sera plus tôt fait.

CORSI.

Il m'est ordonné de vous prier de mettre aux voix l'élection de Côme de Médicis, sous le titre provisoire de gouverneur de la république Florentine.

GIOMO, à des valets qui traversent la salle.

Répandez du sable autour de la porte, et n'épargnez pas le vin plus que le reste.

RUCCELLAÏ.

Pauvre peuple! quel badaud on fait de toi!

SIRE MAURICE.

Allons, messieurs, aux voix. Voici vos billets.

VETTORI.

Côme est en effet le premier en droit après Alexandre; c'est son plus proche parent.

ACCIAIUOLI.

Quel homme est-ce? je le connais fort peu.

CORSI.

C'est le meilleur prince du monde.

GUICCIARDINI.

Hé, hé, pas tout-à-fait cela. Si vous disiez le plus diffus et le plus poli des princes, ce serait plus vrai.

SIRE MAURICE.

Vos voix, seigneurs.

RUCCELLAÏ.

Je m'oppose à ce vote, formellement, et au nom de tous les citoyens.

VETTORI.

Pourquoi ?

RUCCELLAÏ.

Il ne faut plus à la république ni princes, ni ducs, ni seigneurs; voici mon vote.

Il montre son billet blanc.

VETTORI.

Votre voix n'est qu'une voix. Nous nous passerons de vous.

RUCCELLAÏ.

Adieu donc; je m'en lave les mains.

GUICCIARDINI, courant après lui.

Eh! mon Dieu, Palla, vous êtes trop violent.

RUCCELLAÏ.

Laissez-moi; j'ai soixante-deux ans passés; ainsi vous ne pouvez pas me faire grand mal désormais.

Il sort.

NICCOLINI.

Vos voix, messieurs.

Il déplie les billets jetés dans un bonnet.

Il y a unanimité. Le courrier est-il parti pour Trebbio?

CORSI.

Oui, Excellence. Côme sera ici dans la matinée de demain, à moins qu'il ne refuse.

VETTORI.

Pourquoi refuserait-il?

NICCOLINI.

Ah! mon Dieu, s'il allait refuser, que deviendrions-nous? quinze lieues à faire d'ici à Trebbio, pour trouver Côme, et autant pour revenir, ce serait une journée de perdue. Nous aurions dû choisir quelqu'un qui fût plus près de nous.

VETTORI.

Que voulez-vous ? notre vote est fait, et il est probable qu'il acceptera. Tout cela est étourdissant.

Ils sortent.

Scène deuxième.

A Venise.

PHILIPPE STROZZI *dans son cabinet.*

J'en étais sûr. — Pierre est en correspondance avec le roi de France ; le voilà à la tête d'une espèce d'armée, et prêt à mettre le bourg à feu et à sang. C'est donc là ce qu'aura fait ce pauvre nom de Strozzi, qu'on a respecté si longtemps ! il aura produit un rebelle et deux ou trois massacres. O ma Louise ! tu dors en paix sous le gazon ; l'oubli du monde entier est autour de toi, comme en toi, au fond de la triste vallée où je t'ai laissée.

On frappe à la porte.

Entrez.

Entre Lorenzo.

LORENZO.

Philippe, je t'apporte le plus beau joyau de ta couronne.

PHILIPPE.

Qu'est-ce que tu jettes là ? une clef?

LORENZO.

Cette clef ouvre ma chambre, et dans ma chambre est Alexandre de Médicis, mort de la main que voilà.

PHILIPPE.

Vraiment ! vraiment! cela est incroyable.

LORENZO.

Crois-le si tu veux. Tu le sauras par d'autres que par moi.

PHILIPPE, *prenant la clef.*

Alexandre est mort ! cela est-il possible?

LORENZO.

Que dirais-tu si les républicains t'offraient d'être duc à sa place?

PHILIPPE.

Je refuserais, mon ami.

LORENZO.

Vraiment! vraiment! cela est incroyable.

PHILIPPE.

Pourquoi? cela est tout simple pour moi.

LORENZO.

Comme pour moi de tuer Alexandre. Pourquoi ne veux-tu pas me croire?

PHILIPPE.

O notre nouveau Brutus! je te crois, et je t'embrasse. La liberté est donc sauvée! Oui, je te crois, tu es tel que tu me l'as dit. Donne-moi ta main. Le duc est mort! ah! il n'y a pas de haine dans ma joie; il n'y a que l'amour le plus pur, le plus sacré pour la patrie; j'en prends Dieu à témoin.

LORENZO.

Allons, calme-toi; il n'y a rien de sauvé, que moi, qui ai les reins brisés par les chevaux de l'évêque de Marzi.

PHILIPPE.

N'as-tu pas averti nos amis? n'ont-ils pas l'épée à la main à l'heure qu'il est?

LORENZO.

Je les ai avertis; j'ai frappé à toutes les portes républicaines avec la constance d'un frère quêteur; je leur ai dit de frotter leurs épées; qu'Alexandre serait mort quand ils s'éveilleraient. Je pense qu'à l'heure qu'il est, ils se sont éveillés plus d'une fois, et rendormis à l'avenant. Mais en vérité, je ne pense pas autre chose.

PHILIPPE.

As-tu averti les Pazzi? l'as-tu dit à Corsini?

LORENZO.

A tout le monde; je l'aurais dit, je crois, à la lune, tant j'étais sûr de n'être pas écouté.

PHILIPPE.

Comment l'entends-tu?

LORENZO.

J'entends qu'ils ont haussé les épaules, et qu'ils sont retournés à leurs dîners, à leurs cornets et à leurs femmes.

PHILIPPE.

Tu ne leur as donc pas expliqué l'affaire?

LORENZO.

Que diantre voulez-vous que j'explique?

croyez-vous que j'eusse une heure à perdre avec chacun d'eux? Je leur ai dit : Préparez-vous, et j'ai fait mon coup.

PHILIPPE.

Et tu crois que les Pazzi ne font rien? qu'en sais-tu? Tu n'as pas de nouvelles depuis ton départ, et il y a plusieurs jours que tu es en route.

LORENZO.

Je crois que les Pazzi font quelque chose; je crois qu'ils font des armes dans leur antichambre, en buvant du vin du Midi de temps à autre, quand ils ont le gosier sec.

PHILIPPE.

Tu soutiens ta gageure; ne m'as-tu pas voulu parier ce que tu me dis là? sois tranquille; j'ai meilleure espérance.

LORENZO.

Je suis tranquille, plus que je ne puis dire.

PHILIPPE.

Pourquoi n'es-tu pas sorti, la tête du duc à la main? le peuple t'aurait suivi comme son sauveur et son chef.

LORENZO.

J'ai laissé le cerf aux chiens ; qu'ils fassent eux-mêmes la curée.

PHILIPPE.

Tu aurais déifié les hommes, si tu ne les méprisais.

LORENZO.

Je ne les méprise point; je les connais. Je suis très-persuadé qu'il y en a très-peu de très-méchans, beaucoup de lâches, et un grand nombre d'indifférens. Il y en a aussi de féroces, comme les habitans de Pistoie, qui ont trouvé dans cette affaire une petite occasion d'égorger tous leurs chanceliers en plein midi, au milieu des rues. J'ai appris cela il n'y a pas une heure.

PHILIPPE.

Je suis plein de joie et d'espoir ; le cœur me bat malgré moi.

LORENZO.

Tant mieux pour vous.

PHILIPPE.

Puisque tu n'en sais rien, pourquoi en parles-tu ainsi? Assurément tous les hommes ne sont pas capables de grandes choses, mais tous sont sensibles aux grandes choses; nies-tu l'histoire du monde entier? Il faut sans doute une étincelle pour allumer une forêt; mais l'étincelle peut sortir d'un caillou, et la forêt prend feu. C'est ainsi que l'éclair d'une seule épée peut illuminer tout un siècle.

LORENZO.

Je ne nie pas l'histoire; mais je n'y étais pas.

PHILIPPE.

Laisse-moi t'appeler Brutus; si je suis un rêveur, laisse-moi ce rêve-là. O mes amis, mes compatriotes! vous pouvez faire un beau lit de mort au vieux Strozzi, si vous voulez!

LORENZO.

Pourquoi ouvrez-vous la fenêtre?

PHILIPPE.

Ne vois-tu pas sur cette route un courrier qui arrive à franc étrier! Mon Brutus! mon grand Lorenzo! la liberté est dans le ciel; je la sens, je la respire.

LORENZO.

Philippe! Philippe! point de cela; fermez votre fenêtre; toutes ces paroles me font mal.

PHILIPPE.

Il me semble qu'il y a un attroupement dans la rue; un crieur lit une proclamation. Holà, Jean! allez acheter le papier de ce crieur.

LORENZO.

O Dieu! ô Dieu!

PHILIPPE.

Tu deviens pâle comme un mort. Qu'as-tu donc?

LORENZO.

N'as-tu rien entendu?

Un domestique entre apportant la proclamation.

PHILIPPE.

Non; lis donc un peu ce papier, qu'on criait dans la rue.

LORENZO, lisant.

« A tout homme, noble ou roturier, qui » tuera Lorenzo de Médicis, traître à la patrie, » et assassin de son maître, en quelque lieu » et de quelque manière que ce soit, sur » toute la surface de l'Italie, il est promis par » le conseil des Huit à Florence : 1° quatre » mille florins d'or sans aucune retenue; 2° une » rente de cent florins d'or par an, pour lui » durant sa vie, et ses héritiers en ligne di-

» recte après sa mort; 3° la permission d'exer-
» cer toutes les magistratures, de posséder
» tous les bénéfices et priviléges de l'état,
» malgré sa naissance s'il est roturier; 4° grâ-
» ces perpétuelles pour toutes ses fautes, pas-
» sées et futures, ordinaires et extraordi-
» naires. »

Signé de la main des Huit.

Eh bien! Philippe, vous ne vouliez pas croire tout-à-l'heure que j'avais tué Alexandre? vous voyez bien que je l'ai tué.

PHILIPPE.

Silence! quelqu'un monte l'escalier. Cache-toi dans cette chambre.

Ils sortent.

Scène troisième.

—

Florence. — Une rue.

—

Entrent DEUX GENTILSHOMMES.

PREMIER GENTILHOMME.

N'est-ce pas le marquis de Cibo qui passe là? il me semble qu'il donne le bras à sa femme.

Le marquis et la marquise passent.

DEUXIÈME GENTILHOMME.

Il paraît que ce bon marquis n'est pas d'une nature vindicative. Qui ne sait pas à Florence que sa femme a été la maîtresse du feu duc?

PREMIER GENTILHOMME.

Ils paraissent bien raccommodés. J'ai cru les voir se serrer la main.

DEUXIÈME GENTILHOMME.

La perle des maris, en vérité! Avaler ainsi une couleuvre aussi longue que l'Arno, cela s'appelle avoir l'estomac bon.

PREMIER GENTILHOMME.

Je sais que cela fait parler, — cependant je ne te conseillerais pas d'aller lui en parler à lui-même; il est de la première force à toutes les armes, et les faiseurs de calembourgs craignent l'odeur de son jardin.

DEUXIÈME GENTILHOMME.

Si c'est un original, il n'y a rien à dire.

Ils sortent.

Scène quatrième.

Une auberge.

Entrent PIERRE STROZZI *et* UN MESSAGER.

PIERRE.

Ce sont ses propres paroles?

LE MESSAGER.

Oui, Excellence; les paroles du roi lui-même.

PIERRE.

C'est bon.

Le messager sort.

Le roi de France protégeant la liberté de l'Italie, c'est justement comme un voleur protégeant contre un autre voleur une jolie femme en voyage. Il la défend jusqu'à ce qu'il la viole. Quoi qu'il en soit, une route s'ouvre devant moi, sur laquelle il y a plus de bons grains que de poussière. Maudit soit ce Lorenzaccio; qui s'avise de devenir quelque chose! Ma vengeance m'a glissé entre les doigts comme un oiseau effarouché; je ne puis plus rien imaginer ici, qui soit digne de moi. Allons faire une attaque vigoureuse au bourg, et puis laissons là ces femmelettes qui ne pensent qu'au nom de mon père, et qui me toisent toute la journée pour chercher par où je lui ressemble. Je suis né pour autre chose que pour faire un chef de bandits.

Il sort.

Scène cinquième.

Une place. — Florence.

L'ORFÈVRE *et* LE MARCHAND DE SOIE, *assis*.

LE MARCHAND.

Observez bien ce que je dis; faites attention à mes paroles. Le feu duc Alexandre a été tué l'an 1536, qui est bien l'année où nous sommes. Suivez-moi toujours. Il a donc été tué l'an 1536; voilà qui est fait. Il avait vingt-six ans; remarquez-vous cela? Mais ce n'est encore rien; il avait donc vingt-six ans, bon. Il est mort le 6 du mois; ah! ah! saviez-vous ceci? n'est-ce pas justement le 6 qu'il est mort? Ecoutez maintenant. Il est mort à six heures de la nuit. Qu'en pensez-vous, père Mondella? voilà de l'extraordinaire, ou je ne m'y connais pas. Il est donc mort à six heures de la nuit. Paix! ne dites rien encore. Il avait six blessures. Eh bien! cela vous frappe-t-il à présent? Il avait six blessures, à six heures de la nuit, le six du mois, à l'âge de vingt-six ans, l'an 1536. Maintenant un seul mot. Il avait régné six ans.

L'ORFÈVRE.

Quel galimatias me faites vous là, voisin?

LE MARCHAND.

Comment! comment! vous êtes donc absolument incapable de calculer? vous ne voyez pas ce qui résulte de ces combinaisons surnaturelles que j'ai l'honneur de vous expliquer?

L'ORFÈVRE.

Non, en vérité; je ne vois pas ce qui en résulte.

LE MARCHAND.

Vous ne le voyez pas? est-ce possible, voisin, que vous ne le voyiez pas?

L'ORFÈVRE.

Je ne vois pas qu'il en résulte la moindre des choses. — A quoi cela peut-il nous être utile?

LE MARCHAND.

Il en résulte que six Six ont concouru à la mort d'Alexandre. Chut! ne répétez pas ceci comme venant de moi. Vous savez que je passe pour un homme sage et circonspect; ne me faites point de tort, au nom de tous les saints! La chose est plus grave qu'on ne pense; je vous la dis comme à un ami.

L'ORFÈVRE.

Allez vous promener; je suis un homme vieux, mais pas encore une vieille femme. Le Côme arrive aujourd'hui, voilà ce qui résulte le plus clairement de notre affaire; il nous est poussé un beau dévideur de paroles dans votre nuit de six Six. Ah! mort de ma vie! cela ne fait-il pas honte? Mes ouvriers, voisin, les derniers de mes ouvriers frappaient avec leurs instrumens sur leurs tables, en voyant passer les Huit, et ils leur criaient: « Si vous ne savez ni ne pouvez agir, appelez-nous, qui agirons. »

LE MARCHAND.

Il n'y a pas que les vôtres qui aient crié; c'est un vacarme de paroles dans la ville, comme je n'en ai jamais entendu, même par ouï-dire.

L'ORFÈVRE.

On demande les boules; les uns courent après les soldats, les autres après le vin qu'on distribue, et ils s'en remplissent la bouche et la cervelle, afin de perdre le peu de sens commun et de bonnes paroles qui pourraient leur rester.

LE MARCHAND.

Il y en a qui voulaient rétablir le conseil, et élire librement un gonfalonier, comme jadis.

L'ORFÈVRE.

Il y en a qui voulaient, comme vous dites; mais il n'y en a pas qui aient agi. Tout vieux que je suis, j'ai été au Marché-Neuf, moi, et j'ai reçu dans la jambe un bon coup de hallebarde, parce que je demandais les boules. Pas une âme n'est venue à mon secours. Les étudians seuls se sont montrés.

LE MARCHAND.

Je le crois bien. Savez-vous ce qu'on dit, voisin? On dit que le provéditeur, Roberto Corsini, est allé hier soir à l'assemblée des républicains, au palais Salviati.

L'ORFÈVRE.

Rien n'est plus vrai; il a offert de livrer la forteresse aux amis de la liberté, avec les provisions, les clefs, et tout le reste.

LE MARCHAND.

Et il l'a fait, voisin? est-ce qu'il l'a fait? c'est une trahison de haute justice.

L'ORFÈVRE.

Ah bien, oui! on a braillé, bu du vin sucré, et cassé des carreaux; mais la proposition de ce brave homme n'a seulement pas été écoutée. Comme on n'osait pas faire ce qu'il voulait, on a dit qu'on doutait de lui, et qu'on le soupçonnait de fausseté dans ses offres. Mille millions de diables! que j'enrage! Tenez, voilà les courriers de Trebbio qui arrivent; Côme n'est pas loin d'ici. Bonsoir, voisin, le sang me démange, il faut que j'aille au palais.

Il sort.

LE MARCHAND.

Attendez donc, voisin; je vais avec vous.

Il sort. Entrent un précepteur avec le petit Salviati, et un autre avec le petit Strozzi.

LE PREMIER PRÉCEPTEUR.

Sapientissime doctor, comment se porte votre seigneurie? Le trésor de votre précieuse santé est-il dans une assiette régulière, et votre équilibre se maintient-il convenable par ces tempêtes où nous voilà?

LE DEUXIÈME PRÉCEPTEUR.

C'est chose grave, seigneur docteur, qu'une rencontre aussi érudite et aussi fleurie que la vôtre, sur cette terre soucieuse et lézardée. Souffrez que je presse cette main gigantesque, d'où sont sortis les chefs-d'œuvre de notre langue. Avouez-le, vous avez fait depuis peu un sonnet.

LE PETIT SALVIATI.

Canaille de Strozzi que tu es !

LE PETIT STROZZI.

Ton père a été rossé, Salviati.

LE PREMIER PRÉCEPTEUR.

Ce pauvre ébat de notre muse serait-il allé jusqu'à vous, qui êtes homme d'art si consciencieux, si large, et si austère ? Des yeux comme les vôtres, qui remuent des horizons si dentelés, si phosphorescens, auraient-ils consenti à s'occuper des fumées peut-être bizarres et osées d'une imagination chatoyante?

LE DEUXIÈME PRÉCEPTEUR.

Oh ! si vous aimez l'art, et si vous nous aimez, dites-nous, de grâce, votre sonnet. La ville ne s'occupe que de votre sonnet.

LE PREMIER PRÉCEPTEUR.

Vous serez peut-être étonné que moi, qui ai commencé par chanter la monarchie en quelque sorte, je semble cette fois chanter la république.

LE PETIT SALVIATI.

Ne me donne pas de coups de pieds, Strozzi.

LE PETIT STROZZI.

Tiens, chien de Salviati, en voilà encore deux.

LE PREMIER PRÉCEPTEUR.

Voici les vers.

Chantons la liberté, qui refleurit plus âpre.....

LE PETIT SALVIATI.

Faites donc finir ce gamin-là, monsieur; c'est un coupe-jarret. Tous les Strozzi sont des coupe-jarrets.

LE DEUXIÈME PRÉCEPTEUR.

Allons, petit, tiens-toi tranquille.

LE PETIT STROZZI.

Tu y reviens en sournois! tiens, canaille, porte cela à ton père, et dis-lui qu'il le mette avec l'estafilade qu'il a reçue de Pierre Strozzi, empoisonneur que tu es! vous êtes tous des empoisonneurs.

LE PREMIER PRÉCEPTEUR.

Veux-tu te taire, polisson!

Il le frappe.

LE PETIT STROZZI.

Aye! aye! il m'a frappé.

LE PREMIER PRÉCEPTEUR.

Chantons la liberté, qui refleurit plus âpre,
Sous des soleils plus mûrs et des cieux plus vermeils.

LE PETIT STROZZI.

Aye! aye! il m'a écorché l'oreille.

LE DEUXIÈME PRÉCEPTEUR.

Vous avez frappé trop fort, mon ami.

Le petit Strozzi rosse le petit Salviati.

LE PREMIER PRÉCEPTEUR.

Eh bien! qu'est-ce à dire?

LE DEUXIÈME PRÉCEPTEUR.

Continuez, je vous en supplie.

LE PREMIER PRÉCEPTEUR.

Avec plaisir, mais ces enfans ne cessent pas de se battre.

Les enfans sortent en se battant. Ils les suivent.

Scène sixième.

Florence. — Une rue.

Entrent DES ÉTUDIANS *et* DES SOLDATS.

UN ÉTUDIANT.

Puisque les grands seigneurs n'ont que des langues, ayons des bras. Holà, les boules! les boules! citoyens de Florence, ne laissons pas élire un duc sans voter.

UN SOLDAT.

Vous n'aurez pas les boules; retirez-vous.

L'ÉTUDIANT.

Citoyens, venez ici ; on méconnaît vos droits, on insulte le peuple.

Un grand tumulte.

LES SOLDATS.

Gare! retirez-vous.

UN AUTRE ÉTUDIANT.

Nous voulons mourir pour nos droits.

UN SOLDAT.

Meurs donc.

Il le frappe.

L'ÉTUDIANT.

Venge-moi, Ruberto, et console ma mère.

Il meurt.

Les étudians attaquent les soldats; ils sortent en se battant.

Scène septième.

Venise. — Le cabinet de Strozzi.

Entrent PHILIPPE *et* LORENZO, *tenant une lettre.*

LORENZO.

Voilà une lettre qui m'apprend que ma mère est morte. Venez donc faire un tour de promenade, Philippe.

PHILIPPE.

Je vous en supplie, mon ami, ne tentez pas la destinée. Vous allez et venez continuellement, comme si cette proclamation de mort n'existait pas contre vous.

LORENZO.

Au moment où j'allais tuer Clément VII, ma tête a été mise à prix à Rome; il est naturel qu'elle le soit dans toute l'Italie, aujourd'hui que j'ai tué Alexandre; si je sortais d'Italie, je serais bientôt sonné à son de trompe dans toute l'Europe, et à ma mort, le bon Dieu ne manquera pas de faire placarder ma condamnation éternelle dans tous les carrefours de l'immensité.

PHILIPPE.

Votre gaîté est triste comme la nuit; vous n'êtes pas changé, Lorenzo.

LORENZO.

Non, en vérité; je porte les mêmes habits, je marche toujours sur mes jambes, et je bâille avec ma bouche; il n'y a de changé en moi qu'une misère : c'est que je suis plus creux et plus vide qu'une statue de fer-blanc.

PHILIPPE.

Partons ensemble; redevenez un homme;

vous avez beaucoup fait, mais vous êtes jeune.

LORENZO.

Je suis plus vieux que le bisaiëul de Saturne ; je vous en prie, venez faire un tour de promenade.

PHILIPPE.

Votre esprit se torture dans l'inaction ; c'est là votre malheur. Vous avez des travers, mon ami.

LORENZO.

J'en conviens ; que les républicains n'aient rien fait à Florence, c'est là un grand travers de ma part. Qu'une centaine de jeunes étudians, braves et déterminés, se soient fait massacrer en vain ; que Côme, un planteur de choux, ait été élu à l'unanimité ; oh ! je l'avoue, je l'avoue, ce sont là des travers impardonnables, et qui me font le plus grand tort.

PHILIPPE.

Ne raisonnons point sur un événement qui n'est pas achevé. L'important est de sortir d'Italie ; vous n'avez point encore fini sur la terre.

LORENZO.

J'étais une machine à meurtre, mais à un meurtre seulement.

PHILIPPE.

N'avez-vous pas été heureux autrement que par ce meurtre? Quand vous ne devriez faire désormais qu'un honnête homme, qu'un artiste, pourquoi voudriez-vous mourir?

LORENZO.

Je ne puis que vous répéter mes propres paroles : Philippe, j'ai été honnête. Peut-être le redeviendrais-je sans l'ennui qui me prend. J'aime encore le vin et les femmes; c'est assez, il est vrai, pour faire de moi un débauché, mais ce n'est pas assez pour me donner envie de l'être. Sortons, je vous en prie.

PHILIPPE.

Tu te feras tuer dans toutes ces promenades.

LORENZO.

Cela m'amuse de les voir. La récompense est si grosse qu'elle les rend presque courageux. Hier, un grand gaillard à jambes nues m'a suivi un gros quart-d'heure au bord de l'eau, sans pouvoir se déterminer à m'assommer. Le pauvre homme portait une espèce de couteau long comme une broche; il le regardait d'un air si penaud qu'il me faisait pitié; c'était peut-être un père de famille qui mourait de faim.

PHILIPPE.

O Lorenzo! Lorenzo! ton cœur est très-malade; c'était sans doute un honnête homme: pourquoi attribuer à la lâcheté du peuple le respect pour les malheureux?

LORENZO.

Attribuez cela à ce que vous voudrez. Je vais faire un tour au Rialto.

Il sort.

PHILIPPE, seul.

Il faut que je le fasse suivre par quelqu'un de mes gens. Holà! Jean! Pippo! holà!

Entre un domestique.

Prenez une épée, vous, et un autre de vos camarades, et tenez-vous à une distance convenable du seigneur Lorenzo, de manière à pouvoir le secourir si on l'attaque.

JEAN.

Oui, monseigneur.

Entre Pippo.

PIPPO.

Monseigneur, Lorenzo est mort. Un homme était caché derrière la porte, qui l'a frappé par-derrière comme il sortait.

PHILIPPE.

Courons vite ; il n'est peut-être que blessé.

PIPPO.

Ne voyez-vous pas tout ce monde? Le peuple s'est jeté sur lui. Dieu de miséricorde! on le pousse dans la lagune.

PHILIPPE.

Quelle horreur! quelle horreur! Eh! quoi! pas même un tombeau?

Il sor.

Scène huitième.

—

Florence. — La grande place; des tribunes publiques sont remplies de monde.

—

Des gens du peuple courent de tous côtés.

Les boules! les boules! Il est duc, duc; les boules! il est duc.

LES SOLDATS.

Gare, canaille!

LE CARDINAL CIBO, sur une estrade, à Come de Médicis.

Seigneur, vous êtes duc de Florence. Avant de recevoir de mes mains la couronne que le pape et César m'ont chargé de vous confier, il m'est ordonné de vous faire jurer quatre choses.

COME.

Lesquelles, cardinal?

LE CARDINAL.

Faire la justice sans restriction; ne jamais rien tenter contre l'autorité de Charles-Quint;

venger la mort d'Alexandre, et bien traiter le seigneur Jules et la signora Julia, ses enfans naturels.

COME.

Comment faut-il que je prononce ce serment?

LE CARDINAL.

Sur l'Evangile.

Il lui présente l'Évangile.

COME.

Je le jure à Dieu, et à vous, cardinal. Maintenant donnez-moi la main.

Ils s'avancent vers le peuple. On entend Come parler dans l'éloignement.

COME.

« Très-nobles et très-puissans seigneurs,

» Le remercîment que je veux faire à vos très-illustres et très-gracieuses seigneuries, pour le bienfait si haut que je leur dois, n'est pas autre que l'engagement qui m'est bien doux, à moi si jeune comme je suis, d'avoir toujours devant les yeux, en même temps que la crainte de Dieu, l'honnêteté et la justice, et le dessein de n'offenser personne, ni dans les biens, ni dans l'honneur, et quant au gouvernement des affaires, de ne jamais m'écarter du conseil et du jugement des très-prudentes et très-judicieuses seigneuries auxquelles je m'offre en tout, et recommande bien dévotement.

FIN DE LORENZACCIO.

LES CAPRICES

DE

MARIANNE.

Personnages.

CLAUDIO, juge.
MARIANNE, sa femme.
COELIO.
OCTAVE.
TIBIA, valet de Claudio.
CIUTA, vieille femme.
HERMIA, mère de Cœlio.
DOMESTIQUES.
MALVOLIO, intendant d'Hermia.

(Naples.)

ACTE PREMIER.

Scène première.

—

Une rue devant la maison de Claudio.

—

MARIANNE, *sortant de chez elle, un livre de messe à la main.* — CIUTA *l'aborde.*

CIUTA.

Ma belle dame, puis-je vous dire un mot ?

MARIANNE.

Que me voulez-vous?

CIUTA.

Un jeune homme de cette ville est éperdument amoureux de vous; depuis un mois entier il cherche vainement l'occasion de vous l'apprendre. Son nom est Cœlio; il est d'une noble famille et d'une figure distinguée.

MARIANNE.

En voilà assez. Dites à celui qui vous envoie qu'il perd son temps et sa peine, et que s'il a l'audace de me faire entendre une seconde fois un pareil langage, j'en instruirai mon mari. Elle sort.

COELIO, entrant.

Eh bien! Ciuta, qu'a-t-elle dit?

CIUTA.

Plus dévote et plus orgueilleuse que jamais. Elle instruira son mari, dit-elle, si on la poursuit plus long-temps.

COELIO.

Ah! malheureux que je suis! je n'ai plus qu'à mourir. Ah! la plus cruelle de toutes les femmes! Et que me conseilles-tu, Ciuta? quelle ressource puis-je encore trouver?

CIUTA.

Je vous conseille d'abord de sortir d'ici, car voici son mari qui la suit.

Ils sortent.

Entrent Claudio et Tibia.

CLAUDIO.

Es-tu mon fidèle serviteur? mon valet de chambre dévoué? Apprends que j'ai à me venger d'un outrage.

TIBIA.

Vous, monsieur!

CLAUDIO.

Moi-même, puisque ces impudentes guitares ne cessent de murmurer sous les fenêtres de ma femme. Mais, patience! tout n'est pas fini. — Écoute un peu de ce côté-ci : voilà du monde qui pourrait nous entendre. Tu m'iras chercher ce soir le spadassin que je t'ai dit.

TIBIA.

Pourquoi faire?

CLAUDIO.

Je crois que Marianne a des amans.

TIBIA.

Vous croyez, monsieur?

CLAUDIO.

Oui ; il y a autour de ma maison une odeur d'amans; personne ne passe naturellement devant ma porte; il y pleut des guitares et des entremetteuses.

TIBIA.

Est-ce que vous pouvez empêcher qu'on donne des sérénades à votre femme?

CLAUDIO.

Non; mais je puis poster un homme derrière la poterne, et me débarrasser du premier qui entrera.

TIBIA.

Fi! votre femme n'a pas d'amans. — C'est comme si vous disiez que j'ai des maîtresses.

CLAUDIO.

Pourquoi n'en aurais-tu pas, Tibia ? Tu es fort laid, mais tu as beaucoup d'esprit.

TIBIA.

J'en conviens, j'en conviens.

CLAUDIO.

Regarde, Tibia, tu en conviens toi-même; il n'en faut plus douter, et mon déshonneur est public.

TIBIA.

Pourquoi public?

CLAUDIO.

Je te dis qu'il est public.

TIBIA.

Mais, monsieur, votre femme passe pour un dragon de vertu dans toute la ville; elle ne voit personne; elle ne sort de chez elle que pour aller à la messe.

CLAUDIO.

Laisse-moi faire. — Je ne me sens pas de colère, après tous les cadeaux qu'elle a reçus de moi! — Oui, Tibia, je machine en ce moment une épouvantable trame, et me sens prêt à mourir de douleur.

TIBIA.

Oh! que non.

CLAUDIO.

Quand je te dis quelque chose, tu me ferais plaisir de le croire.

Ils sortent.

COELIO, rentrant.

Malheur à celui qui, au milieu de la jeunesse, s'abandonne à un amour sans espoir! Malheur à celui qui se livre à une douce rêverie, avant de savoir où sa chimère le mène, et s'il peut être payé de retour! Mollement couché dans une barque, il s'éloigne peu à peu de la rive; il aperçoit au loin des plaines enchantées, de vertes prairies et le mirage léger de son Eldorado. Les vents l'entraînent en silence, et quand la réalité le réveille, il est aussi loin du but où il aspire que du rivage qu'il a quitté; il ne peut plus ni poursuivre sa route ni revenir sur ses pas.

On entend un bruit d'instrumens.

Quelle est cette mascarade? N'est-ce pas Octave que j'aperçois?

Entre Octave.

OCTAVE.

Comment se porte, mon bon monsieur, cette gracieuse mélancolie?

COELIO.

Octave! O fou que tu es! tu as un pied de rouge sur les joues! D'où te vient cet accoutrement? N'as-tu pas de honte en plein jour?

OCTAVE.

O Cœlio! fou que tu es! tu as un pied de blanc sur les joues! — D'où te vient ce large habit noir? N'as-tu pas de honte en plein carnaval?

COELIO.

Quelle vie que la tienne! Ou tu es gris, ou je le suis moi-même.

OCTAVE.

Ou tu es amoureux, ou je le suis moi-même.

COELIO.

Plus que jamais de la belle Marianne.

OCTAVE.

Plus que jamais de vin de Chypre.

COELIO.

J'allais chez toi quand je t'ai rencontré.

OCTAVE.

Et moi aussi j'allais chez moi. Comment se porte ma maison? il y a huit jours que je ne l'ai vue.

COELIO.

J'ai un service à te demander.

OCTAVE.

Parle, Cœlio, mon cher enfant. Veux-tu de l'argent? je n'en ai plus. Veux-tu des conseils? je suis ivre. Veux-tu mon épée? voilà une batte d'arlequin. Parle, parle, dispose de moi.

COELIO.

Combien de temps cela durera-t-il ? Huit jours hors de chez toi ! Tu te tueras, Octave.

OCTAVE.

Jamais de ma propre main, mon ami, jamais ; j'aimerais mieux mourir que d'attenter à mes jours.

COELIO.

Et n'est-ce pas un suicide comme un autre, que la vie que tu mènes ?

OCTAVE.

Figure-toi un danseur de corde, en brodequins d'argent, le balancier au poing, suspendu entre le ciel et la terre ; à droite et à gauche, de vieilles petites figures racornies, de maigres et pâles fantômes, des créanciers agiles, des parens et des courtisanes, toute une légion de monstres se suspendent à son manteau, et le tiraillent de tous côtés pour lui faire perdre l'équilibre ; des phrases redondantes, de grands mots enchâssés cavalcadent autour de lui ; une nuée de prédictions sinistres l'aveugle de ses ailes noires. Il continue sa course légère de l'orient à l'occident. S'il regarde en bas, la tête lui tourne; s'il regarde en haut, le pied lui manque. Il va plus vite que le vent, et toutes les mains tendues autour de lui ne lui feront pas renverser une goutte de la coupe joyeuse qu'il porte à la sienne. Voilà ma vie, mon cher ami; c'est ma fidèle image que tu vois.

COELIO.

Que tu es heureux d'être fou!

OCTAVE.

Que tu es fou de ne pas être heureux! dis-moi un peu, toi, qu'est-ce qui te manque?

COELIO.

Il me manque le repos, la douce insouciance qui fait de la vie un miroir où tous les objets se peignent un instant, et sur lequel tout glisse. Une dette pour moi est un remords. L'amour, dont, vous autres, vous faites un passe-temps, trouble ma vie entière. O mon ami, tu ignoreras toujours ce que c'est qu'aimer comme moi. Mon cabinet d'étude est désert; depuis un mois, j'erre autour de cette maison la nuit et le jour. Quel charme j'éprouve, au lever de la lune, à conduire sous ces petits arbres, au fond de cette place, mon chœur modeste de musiciens, à marquer moi-même la mesure, à les entendre chanter la beauté de Marianne ! Jamais elle n'a paru à sa fenêtre ; jamais elle n'est venue appuyer son front charmant sur sa jalousie.

OCTAVE.

Qui est cette Marianne ? est-ce que c'est ma cousine ?

COELIO.

C'est elle-même, la femme du vieux Claudio.

OCTAVE.

Je ne l'ai jamais vue. Mais à coup sûr elle est ma cousine. Claudio est fait exprès. Confie-moi tes intérêts, Cœlio.

COELIO.

Tous les moyens que j'ai tentés pour lui faire connaître mon amour ont été inutiles. Elle sort du couvent ; elle aime son mari, et respecte ses devoirs. Sa porte est fermée à tous les jeunes gens de la ville, et personne ne peut l'approcher.

OCTAVE.

Ouais ! est-elle jolie ? — Sot que je suis ! tu

l'aimes, cela n'importe guère. Que pourrions-nous imaginer?

COELIO.

Faut-il te parler franchement? ne te riras-tu pas de moi?

OCTAVE.

Laisse-moi rire de toi, et parle franchement.

COELIO.

En ta qualité de parent, tu dois être reçu dans la maison.

OCTAVE.

Suis-je reçu? je n'en sais rien. Admettons que je suis reçu. A te dire vrai, il y a une grande différence entre mon auguste famille et une botte d'asperges. Nous ne formons pas un faisceau bien serré, et nous ne tenons guère les uns aux autres que par écrit. Cependant Marianne connaît mon nom. Faut-il lui parler en ta faveur?

COELIO.

Vingt fois j'ai tenté de l'aborder; vingt fois j'ai senti mes genoux fléchir en approchant d'elle. J'ai été forcé de lui envoyer la vieille Ciuta. Quand je la vois, ma gorge se serre, et j'étouffe, comme si mon cœur se soulevait jusqu'à mes lèvres.

OCTAVE.

J'ai éprouvé cela. C'est ainsi qu'au fond des forêts, lorsqu'une biche avance à petits pas sur les feuilles sèches, et que le chasseur entend les bruyères glisser sur ses flancs inquiets, comme le frôlement d'une robe légère, les battemens de cœur le prennent malgré lui; il soulève son arme en silence, sans faire un pas et sans respirer.

COELIO.

Pourquoi donc suis-je ainsi? n'est-ce pas une vieille maxime parmi les libertins, que toutes les femmes se ressemblent? pourquoi donc y a-t-il si peu d'amours qui se ressemblent? En vérité, je ne saurais aimer cette femme comme toi, Octave, tu l'aimerais, ou comme j'en aimerais une autre. Qu'est-ce donc pourtant que tout cela? deux yeux bleus, deux lèvres vermeilles, une robe blanche, et deux blanches mains. Pourquoi ce qui te rendrait joyeux et empressé, ce qui t'attirerait, toi, comme l'aiguille aimantée attire le fer, me rend-il triste et immobile? Qui pourrait dire : ceci est gai ou triste? La réalité n'est qu'une ombre. Appelle imagination ou folie ce qui la divinise. — Alors la folie est la beauté elle-même. Chaque homme marche enveloppé d'un réseau transparent qui le couvre de la tête aux pieds; il croit voir des bois et des fleuves, des visages divins, et l'universelle nature se teint sous ses regards des nuances infinies du tissu magique. Octave! Octave! viens à mon secours.

OCTAVE.

J'aime ton amour, Cœlio, il divague dans ta cervelle comme un flacon syracusain. Donne-moi la main; je viens à ton secours, attends un peu. — L'air me frappe au visage, et les idées me reviennent. Je connais cette Marianne; elle me déteste fort, sans m'avoir jamais vu. C'est une mince poupée, qui marmotte des *ave* sans fin.

COELIO.

Fais ce que tu voudras, mais ne me trompe pas, je t'en conjure; il est aisé de me tromper; je ne sais pas me défier d'une action que je ne voudrais pas faire moi-même.

OCTAVE.

Si tu escaladais les murs?

COELIO.

Entre elle et moi est une muraille imaginaire que je n'ai pu escalader.

OCTAVE.

Si tu lui écrivais?

COELIO.

Elle déchire mes lettres, ou me les renvoie.

OCTAVE.

Si tu en aimais une autre? Viens avec moi chez Rosalinde.

COELIO.

Le souffle de ma vie est à Marianne; elle peut d'un mot de ses lèvres l'anéantir ou l'embraser. Vivre pour une autre me serait plus difficile que de mourir pour elle; ou je réussirai, ou je me tuerai. Silence! la voici qui rentre; elle détourne la rue.

OCTAVE.

Retire-toi, je vais l'aborder.

COELIO.

Y penses-tu? dans l'équipage où te voilà! Essuie-toi le visage; tu as l'air d'un fou.

OCTAVE.

Voilà qui est fait. L'ivresse et moi, mon cher Cœlio, nous nous sommes trop chers l'un à l'autre pour nous jamais disputer; elle fait mes volontés comme je fais les siennes. N'aie aucune crainte là-dessus; c'est le fait d'un étudiant en vacance qui se grise un jour de grand dîner, de perdre la tête et de lutter avec le vin; moi, mon caractère est d'être ivre; ma façon de penser est de me laisser faire, et je parlerais au roi en ce moment, comme je vais parler à ta belle.

COELIO.

Je ne sais ce que j'éprouve. — Non, ne lui parle pas.

OCTAVE.

Pourquoi?

COELIO.

Je ne puis dire pourquoi; il me semble que tu vas me tromper.

OCTAVE.

Touche là. Je te jure sur mon honneur que Marianne sera à toi, ou à personne au monde, tant que j'y pourrai quelque chose.

Cœlio sort.

Entre Marianne. Octave l'aborde.

OCTAVE.

Ne vous détournez pas, princesse de beauté! laissez tomber vos regards sur le plus indigne de vos serviteurs.

MARIANNE.

Qui êtes-vous?

OCTAVE.

Mon nom est Octave; je suis cousin de votre mari.

MARIANNE.

Venez-vous pour le voir? entrez au logis, il va revenir.

OCTAVE.

Je ne viens pas pour le voir, et n'entrerai point au logis, de peur que vous ne m'en chassiez tout-à-l'heure, quand je vous aurai dit ce qui m'amène.

MARIANNE.

Dispensez-vous donc de le dire et de m'arrêter plus long-temps.

OCTAVE.

Je ne saurais m'en dispenser, et vous supplie de vous arrêter pour l'entendre. Cruelle Marianne! vos yeux ont causé bien du mal, et vos paroles ne sont pas faites pour le guérir. Que vous avait fait Cœlio?

MARIANNE.

De qui parlez-vous, et quel mal ai-je causé?

OCTAVE.

Un mal le plus cruel de tous, car c'est un mal sans espérance; le plus terrible, car c'est un mal qui se chérit lui-même, et repousse la coupe salutaire jusque dans la main de l'amitié; un mal qui fait pâlir les lèvres sous des poisons plus doux que l'ambroisie, et qui fond en une pluie de larmes le cœur le plus dur, comme la perle de Cléopâtre; un mal que tous les aromates, toute la science humaine ne sauraient soulager, et qui se nourrit du vent qui passe, du parfum d'une rose fanée, du refrain d'une chanson, et qui suce l'éternel aliment de ses souffrances dans tout ce qui l'entoure, comme une abeille son miel dans tous les buissons d'un jardin.

MARIANNE.

Me direz-vous le nom de ce mal?

OCTAVE.

Que celui qui est digne de le prononcer vous

le dise ; que les rêves de vos nuits, que ces orangers verts, cette fraîche cascade vous l'apprennent ; que vous puissiez le chercher un beau soir, vous le trouverez sur vos lèvres ; son nom n'existe pas sans lui.

MARIANNE.

Est-il si dangereux à dire, si terrible dans sa contagion, qu'il effraie une langue qui plaide en sa faveur ?

OCTAVE.

Est-il si doux à entendre, cousine, que vous le demandiez ? Vous l'avez appris à Cœlio.

MARIANNE.

C'est donc sans le vouloir ; je ne connais ni l'un ni l'autre.

OCTAVE.

Que vous les connaissiez ensemble, et que vous ne les sépariez jamais, voilà le souhait de mon cœur.

MARIANNE.

En vérité ?

OCTAVE.

Cœlio est le meilleur de mes amis ; si je voulais vous faire envie, je vous dirais qu'il est beau comme le jour, jeune, noble, et je ne mentirais pas ; mais je ne veux que vous faire pitié, et je vous dirai qu'il est triste comme la mort, depuis le jour où il vous a vue.

MARIANNE.

Est-ce ma faute s'il est triste?

OCTAVE.

Est-ce sa faute si vous êtes belle? Il ne pense qu'à vous ; à toute heure, il rôde autour de cette maison. N'avez-vous jamais entendu chanter sous vos fenêtres? N'avez-vous jamais soulevé, à minuit, cette jalousie et ce rideau ?

MARIANNE.

Tout le monde peut chanter le soir, et cette place appartient à tout le monde.

OCTAVE.

Tout le monde aussi peut vous aimer ; mais personne ne peut vous le dire. Quel âge avez-vous, Marianne ?

MARIANNE.

Voilà une jolie question ! et si je n'avais dix-neuf ans, que voudriez-vous que j'en pense ?

OCTAVE.

Vous avez donc encore cinq ou six ans pour

être aimée, huit ou dix pour aimer vous-même, et le reste pour prier Dieu.

MARIANNE.

Vraiment? Eh bien! pour mettre le temps à profit, j'aime Claudio, votre cousin et mon mari.

OCTAVE.

Mon cousin et votre mari ne feront jamais à eux deux qu'un pédant de village; vous n'aimez point Claudio.

MARIANNE.

Ni Cœlio; vous pouvez le lui dire.

OCTAVE.

Pourquoi?

MARIANNE.

Pourquoi n'aimerai-je pas Claudio? C'est mon mari.

OCTAVE.

Pourquoi n'aimeriez-vous pas Cœlio? c'est votre amant.

MARIANNE.

Me direz-vous aussi pourquoi je vous écoute? Adieu, seigneur Octave; voilà une plaisanterie qui a duré assez long-temps.

Elle sort.

OCTAVE.

Ma foi, ma foi! elle a de beaux yeux.

Il sort.

Scène deuxième.

—

La maison de Cœlio.

—

HERMIA; *plusieurs domestiques;* MALVOLIO.

HERMIA.

Disposez ces fleurs comme je vous l'ai ordonné; a-t-on dit aux musiciens de venir?

UN DOMESTIQUE.

Oui, madame; ils seront ici à l'heure du souper.

HERMIA.

Ces jalousies fermées sont trop sombres; qu'on laisse entrer le jour sans laisser entrer le soleil. — Plus de fleurs autour de ce lit; le souper est-il bon? Aurons-nous notre belle voisine, la comtesse Pergoli? A quelle heure est sorti mon fils?

MALVOLIO.

Pour être sorti, il faudrait d'abord qu'il fût rentré. Il a passé la nuit dehors.

HERMIA.

Vous ne savez ce que vous dites. — Il a soupé hier avec moi, et m'a ramenée ici. A-t-on fait porter dans le cabinet d'étude le tableau que j'ai acheté ce matin?

MALVOLIO.

Du vivant de son père, il n'en aurait pas été ainsi. Ne dirait-on pas que notre maîtresse a dix-huit ans, et qu'elle attend son Sigisbé?

HERMIA.

Mais du vivant de sa mère, il en est ainsi, Malvolio. Qui vous a chargé de veiller sur sa conduite? Songez-y : que Cœlio ne rencontre pas sur son passage un visage de mauvais augure; qu'il ne vous entende pas grommeler entre vos dents, comme un chien de basse-cour à qui l'on dispute l'os qu'il veut ronger, ou, par le ciel, pas un de vous ne passera la nuit sous ce toit.

MALVOLIO.

Je ne grommelle rien; ma figure n'est pas un mauvais présage : vous me demandez à quelle heure est sorti mon maître, et je vous réponds qu'il n'est pas rentré. Depuis qu'il a l'amour en tête, on ne le voit pas quatre fois la semaine.

HERMIA.

Pourquoi ces livres sont-ils couverts de poussière? Pourquoi ces meubles sont-ils en désordre? Pourquoi faut-il que je mette ici la main à tout, si je veux obtenir quelque chose? Il vous appartient bien de lever les yeux sur ce qui ne vous regarde pas, lorsque votre ouvrage est à moitié fait, et que les soins dont on vous charge retombent sur les autres. Allez, et retenez votre langue.

Entre Cœlio.

Eh bien! mon cher enfant, quels seront vos plaisirs aujourd'hui?

Les domestiques se retirent.

COELIO.

Les vôtres, ma mère.

Il s'asseoit.

HERMIA.

Eh quoi! les plaisirs communs, et non les peines communes? C'est un partage injuste,

Cœlio. Ayez des secrets pour moi, mon enfant, mais non pas de ceux qui vous rongent le cœur, et vous rendent insensible à tout ce qui vous entoure.

COELIO.

Je n'ai point de secret, et plût à Dieu, si j'en avais, qu'ils fussent de nature à faire de moi une statue!

HERMIA.

Quand vous aviez dix ou douze ans, toutes vos peines, tous vos petits chagrins se rattachaient à moi; d'un regard sévère ou indulgent de ces yeux que voilà, dépendait la tristesse ou la joie des vôtres, et votre petite tête blonde tenait par un fil bien délié au cœur de votre mère. Maintenant, mon enfant, je ne suis plus que votre vieille sœur, incapable peut-être de soulager vos ennuis, mais non pas de les partager.

COELIO.

Et vous aussi, vous avez été belle! Sous ces cheveux argentés qui ombragent votre noble front, sous ce long manteau qui vous couvre, l'œil reconnaît encore le port majestueux d'une reine, et les formes gracieuses d'une

Diane chasseresse. O ma mère! vous avez inspiré l'amour! Sous vos fenêtres entr'ouvertes a murmuré le son de la guitare; sur ces places bruyantes, dans le tourbillon de ces fêtes, vous avez promené une insouciante et superbe jeunesse; vous n'avez point aimé; un parent de mon père est mort d'amour pour vous.

HERMIA.

Quel souvenir me rappelles-tu?

COELIO.

Ah! si votre cœur peut en supporter la tristesse, si ce n'est pas vous demander des larmes, racontez-moi cette aventure, ma mère, faites-m'en connaître les détails.

HERMIA.

Votre père ne m'avait jamais vue alors. Il se chargea, comme allié de ma famille, de faire agréer la demande du jeune Orsini, qui voulait m'épouser. Il fut reçu comme le méritait son rang, par votre grand-père, et admis dans notre intimité. Orsini était un excellent parti, et cependant je le refusai. Votre père, en plaidant pour lui, avait tué dans mon cœur le peu d'amour qu'il m'avait inspiré pendant deux mois d'assiduités constantes. Je n'avais pas soupçonné la force de sa passion pour moi. Lorsqu'on lui apporta ma réponse, il tomba, privé de connaissance, dans les bras de votre père. Cependant une longue absence, un voyage qu'il entreprit alors, et dans lequel il augmenta sa fortune, devaient avoir dissipé ses chagrins. Votre père changea de rôle, et demanda pour lui ce qu'il n'avait pu obtenir pour Orsini. Je l'aimais d'un amour sincère, et l'estime qu'il avait inspirée à mes parens ne me permit pas d'hésiter. Le mariage fut décidé le jour même, et l'église s'ouvrit pour nous quelques semaines après. Orsini revint à cette époque. Il fut trouver votre père, l'accabla de reproches, l'accusa d'avoir trahi sa confiance, et d'avoir causé le refus qu'il avait essuyé. Du reste, ajouta-t-il, si vous avez désiré ma perte, vous serez satisfait. Épouvanté de ces paroles, votre père vint trouver le mien, et lui demander son témoignage pour désabuser Orsini. — Hélas! il n'était plus temps; on trouva dans sa chambre le pauvre jeune homme traversé de part en part de plusieurs coups d'épée.

Scène troisième.

—

Le jardin de Claudio.

—

Entrent CLAUDIO *et* TIBIA.

CLAUDIO.

Tu as raison, et ma femme est un trésor de pureté. Que te dirai-je de plus? c'est une vertu solide.

TIBIA.

Vous croyez, monsieur?

CLAUDIO.

Peut-elle empêcher qu'on ne chante sous ses croisées? Les signes d'impatience qu'elle peut donner dans son intérieur sont les suites de son caractère. As-tu remarqué que sa mère, lorsque j'ai touché cette corde, a été tout d'un coup du même avis que moi?

TIBIA.

Relativement à quoi?

CLAUDIO.

Relativement à ce qu'on chante sous ses croisées.

TIBIA.

Chanter n'est pas un mal, je fredonne moi-même à tout moment.

CLAUDIO.

Mais bien chanter est difficile.

TIBIA.

Difficile pour vous et pour moi, qui, n'ayant pas reçu de voix de la nature, ne l'avons jamais cultivée. Mais voyez comme ces acteurs de théâtre s'en tirent habilement.

CLAUDIO.

Ces gens-là passent leur vie sur les planches.

TIBIA.

Combien croyez-vous qu'on puisse donner par an?

CLAUDIO.

A qui? à un juge de paix?

TIBIA.

Non, à un chanteur.

CLAUDIO.

Je n'en sais rien. — On donne à un juge de

paix le tiers de ce que vaut ma charge. Les conseillers de justice ont moitié.

TIBIA.

Si j'étais juge en cour royale, et que ma femme eût des amans, je les condamnerais moi-même.

CLAUDIO.

A combien d'années de galère ?

TIBIA.

A la peine de mort. Un arrêt de mort est une chose superbe à lire à haute voix.

CLAUDIO.

Ce n'est pas le juge qui le lit, c'est le greffier.

TIBIA.

Le greffier de votre tribunal a une jolie femme.

CLAUDIO.

Non, c'est le président qui a une jolie femme; j'ai soupé hier avec eux.

TIBIA.

Le greffier aussi! Le spadassin qui va venir ce soir est l'amant de la femme du greffier.

CLAUDIO.

Quel spadassin?

TIBIA.

Celui que vous avez demandé.

CLAUDIO.

Il est inutile qu'il vienne après ce que je t'ai dit tout-à-l'heure.

TIBIA.

A quel sujet?

CLAUDIO.

Au sujet de ma femme.

TIBIA.

La voici qui vient elle-même.

Entre Marianne.

MARIANNE.

Savez-vous ce qui m'arrive pendant que vous courez les champs? J'ai reçu la visite de votre cousin.

CLAUDIO.

Qui cela peut-il être? Nommez-le par son nom.

MARIANNE.

Octave, qui m'a fait une déclaration d'amour de la part de son ami Cœlio. Qui est ce Cœlio? Connaissez-vous cet homme? Trouvez bon que ni lui ni Octave ne mettent les pieds dans cette maison.

CLAUDIO.

Je le connais ; c'est le fils d'Hermia, notre voisine. Qu'avez-vous répondu à cela ?

MARIANNE.

Il ne s'agit pas de ce que j'ai répondu. Comprenez-vous ce que je dis ? Donnez ordre à vos gens qu'ils ne laissent entrer ni cet homme ni son ami. Je m'attends à quelque importunité de leur part, et suis bien aise de l'éviter.

Elle sort.

CLAUDIO.

Que penses-tu de cette aventure, Tibia ? Il y a quelque ruse là-dessous.

TIBIA.

Vous croyez, monsieur ?

CLAUDIO.

Pourquoi n'a-t-elle pas voulu dire ce qu'elle a répondu ? La déclaration est impertinente, il est vrai ; mais la réponse mérite d'être connue. J'ai le soupçon que ce Cœlio est l'ordonnateur de toutes ces guitares.

TIBIA.

Défendre votre porte à ces deux hommes est un moyen excellent de les éloigner.

CLAUDIO.

Rapporte-t-en à moi. — Il faut que je fasse part de cette découverte à ma belle-mère. J'imagine que ma femme me trompe, et que toute cette fable est une pure invention pour me faire prendre le change, et troubler entièrement mes idées.

Ils sortent.

ACTE SECOND.

Scène première.

Une rue.

Entrent OCTAVE *et* CIUTA.

OCTAVE.

Il y renonce, dites-vous?

CIUTA.

Hélas! pauvre jeune homme! il aime plus que jamais, et sa mélancolie se trompe elle-même sur les désirs qui la nourrissent. Je croirais presque qu'il se défie de vous, de moi, de tout ce qui l'entoure.

OCTAVE.

Non, par le ciel! je n'y renoncerai pas; je me sens moi-même une autre Marianne, et il y a du plaisir à être entêté. Ou Cœlio réussira, ou j'y perdrai ma langue.

CIUTA.

Agirez-vous contre sa volonté?

OCTAVE.

Oui, pour agir d'après la mienne, qui est sa sœur aînée, et pour envoyer aux enfers messer Claudio le juge, que je déteste, méprise et abhorre depuis les pieds jusqu'à la tête.

CIUTA.

Je lui porterai donc votre réponse, et, quant à moi, je cesse de m'en mêler.

OCTAVE.

Je suis comme un homme qui tient la banque d'un pharaon pour le compte d'un autre, et qui a la veine contre lui; il noierait plutôt son meilleur ami que de céder, et la colère de perdre avec l'argent d'autrui l'enflamme cent fois plus que ne le ferait sa propre ruine.

Entre Cœlio.

Comment, Cœlio, tu abandonnes la partie!

COELIO.

Que veux-tu que je fasse?

OCTAVE.

Te défies-tu de moi? Qu'as-tu? Te voilà pâle comme la neige. — Que se passe-t-il en toi?

COELIO.

Pardonne-moi, pardonne-moi! Fais ce que tu voudras; va trouver Marianne. — Dis-lui que me tromper, c'est me donner la mort, et que ma vie est dans ses yeux.

Il sort.

OCTAVE.

Par le ciel, voilà qui est étrange!

CIUTA.

Silence! vêpres sonnent; la grille du jardin vient de s'ouvrir, Marianne sort. — Elle approche lentement.

Ciuta se retire.

Entre Marianne.

OCTAVE.

Belle Marianne, vous dormirez tranquillement.

ment.—Le cœur de Cœlio est à une autre, et ce n'est plus sous vos fenêtres qu'il donnera ses sérénades.

MARIANNE.

Quel dommage! et quel grand malheur de n'avoir pu partager un amour comme celui-là! Voyez! comme le hasard me contrarie! Moi qui allais l'aimer.

OCTAVE.

En vérité?

MARIANNE.

Oui, sur mon âme, ce soir ou demain matin, dimanche au plus tard, je lui appartenais. Qui pourrait ne pas réussir avec un ambassadeur tel que vous? Il faut croire que sa passion pour moi était quelque chose comme du chinois ou de l'arabe, puisqu'il lui fallait un interprète, et qu'elle ne pouvait s'expliquer toute seule.

OCTAVE.

Raillez, raillez! nous ne vous craignons plus.

MARIANNE.

Ou peut-être que cet amour n'était encore qu'un pauvre enfant à la mamelle, et vous, comme une sage nourrice, en le menant à la lisière, vous l'aurez laissé tomber la tête la première en le promenant par la ville.

OCTAVE.

La sage nourrice s'est contentée de lui faire boire d'un certain lait que la vôtre vous a versé sans doute, et généreusement; vous en avez encore sur les lèvres une goutte qui se mêle à toutes vos paroles.

MARIANNE.

Comment s'appelle ce lait merveilleux?

OCTAVE.

L'indifférence. Vous ne pouvez ni aimer ni haïr, et vous êtes comme les roses du Bengale, Marianne, sans épine et sans parfum.

MARIANNE.

Bien dit. Aviez-vous préparé d'avance cette comparaison? Si vous ne brûlez pas le brouillon de vos harangues, donnez-le-moi de grâce, que je les apprenne à ma perruche.

OCTAVE.

Qu'y trouvez-vous qui puisse vous blesser? Une fleur sans parfum n'en est pas moins belle; bien au contraire, ce sont les plus belles que

Dieu a faites ainsi ; et le jour où, comme une Galatée d'une nouvelle espèce, vous deviendrez de marbre au fond de quelque église, ce sera une charmante statue que vous ferez, et qui ne laissera pas que de trouver quelque niche respectable dans un confessionnal.

MARIANNE.

Mon cher cousin, est-ce que vous ne plaignez pas le sort des femmes? Voyez un peu ce qui m'arrive. Il est décrété par le sort que Cœlio m'aime, ou qu'il croit m'aimer, lequel Cœlio le dit à ses amis, lesquels amis décrètent à leur tour que, sous peine de mort, je serai sa maîtresse. La jeunesse napolitaine daigne m'envoyer en votre personne un digne représentant, chargé de me faire savoir que j'aie à aimer ledit seigneur Cœlio d'ici à une huitaine de jours. Pesez cela, je vous en prie. Si je me rends, que dira-t-on de moi? N'est-ce pas une femme bien abjecte que celle qui obéit à point nommé, à l'heure convenue, à une pareille proposition? Ne va-t-on pas la déchirer à belles dents, la montrer au doigt, et faire de son nom le refrain d'une chanson à boire? Si elle refuse au contraire, est-il un monstre qui lui soit comparable? Est-il une statue plus froide qu'elle, et l'homme qui lui parle, qui ose l'arrêter en place publique son livre de messe à la main, n'a-t-il pas le droit de lui dire : Vous êtes une rose du Bengale, sans épine et sans parfum?

OCTAVE.

Cousine, cousine, ne vous fâchez pas.

MARIANNE.

N'est-ce pas une chose bien ridicule que l'honnêteté et la foi jurée? que l'éducation d'une fille, la fierté d'un cœur qui s'est figuré qu'il vaut quelque chose, et qu'avant de jeter au vent la poussière de sa fleur chérie, il faut que le calice en soit baigné de larmes, épanoui par quelques rayons de soleil, entr'ouvert par une main délicate? Tout cela n'est-il pas un rêve, une bulle de savon que le premier soupir d'un cavalier à la mode doit évaporer dans les airs?

OCTAVE.

Vous vous méprenez sur mon compte et sur celui de Cœlio.

MARIANNE.

Qu'est-ce après tout qu'une femme? L'occupation d'un moment, une coupe fragile qui renferme une goutte de rosée, qu'on porte à ses lèvres et qu'on jette par-dessus son épaule. Une femme! c'est une partie de plaisir! Ne pourrait-on pas dire quand on en rencontre une : Voilà une belle nuit qui passe? Et ne serait-ce pas un grand écolier en de telles matières que celui qui baisserait les yeux devant elle, qui se dirait tout bas : « Voilà peut-être le bonheur d'une vie entière, » et qui la laisserait passer?

Elle sort.

OCTAVE, seul.

Tra, tra, poum! poum! tra deri la la. Quelle drôle de petite femme! Hai! holà! Apportez-

Il frappe à une auberge.

moi ici, sous cette tonnelle, une bouteille de quelque chose.

LE GARÇON.

Ce qui vous plaira, excellence. Voulez-vous du lacryma-christi?

OCTAVE.

Soit, soit. Allez-vous-en un peu chercher dans les rues d'alentour le seigneur Cœlio, qui porte un manteau noir et des culottes plus noires encore. Vous lui direz qu'un de ses amis est là, qui boit tout seul du lacryma-christi. Après quoi, vous irez à la grande place, et vous m'apporterez une certaine Rosalinde qui est rousse et qui est toujours à sa fenêtre.

Le garçon sort.

Je ne sais ce que j'ai dans la gorge; je suis triste comme une procession.

Buvant.

Je ferai aussi bien de dîner ici; voilà le jour qui baisse. Drig! drig! quel ennui que ces vêpres! Est-ce que j'ai envie de dormir? je me sens tout pétrifié.

Entrent Claudio et Tibia.

Cousin Claudio, vous êtes un beau juge; où allez-vous si couramment?

CLAUDIO.

Qu'entendez-vous par là, seigneur Octave?

OCTAVE.

J'entends que vous êtes un magistrat qui a de belles formes.

CLAUDIO.

De langage, ou de complexion?

OCTAVE.

De langage, de langage. Votre perruque est

pleine d'éloquence, et vos jambes sont deux charmantes parenthèses.

CLAUDIO.

Soit dit en passant, seigneur Octave, le marteau de ma porte m'a tout l'air de vous avoir brûlé les doigts.

OCTAVE.

En quelle façon, juge plein de science?

CLAUDIO.

En y voulant frapper, cousin plein de finesse.

OCTAVE.

Ajoute hardiment plein de respect, juge, pour le marteau de ta porte : mais tu peux le faire peindre à neuf, sans que je craigne de m'y salir les doigts.

CLAUDIO.

En quelle façon, cousin plein de facéties?

OCTAVE.

En n'y frappant jamais, juge plein de causticité.

CLAUDIO.

Cela vous est pourtant arrivé, puisque ma femme a enjoint à ses gens de vous fermer la porte au nez à la première occasion.

OCTAVE.

Tes lunettes sont myopes, juge plein de grâce : tu te trompes d'adresse dans ton compliment.

CLAUDIO.

Mes lunettes sont excellentes, cousin plein de riposte : n'as-tu pas fait à ma femme une déclaration amoureuse ?

OCTAVE.

A quelle occasion, subtil magistrat ?

CLAUDIO.

A l'occasion de ton ami Cœlio, cousin ; malheureusement j'ai tout entendu.

OCTAVE.

Par quelle oreille, sénateur incorruptible ?

CLAUDIO.

Par celle de ma femme, qui m'a tout raconté, godelureau chéri.

OCTAVE.

Tout absolument, juge idolâtré ? Rien n'est resté dans cette charmante oreille ?

CLAUDIO.

Il y est resté sa réponse, charmant pilier

de cabaret, que je suis chargé de te faire.

OCTAVE.

Je ne suis pas chargé de l'entendre, cher procès-verbal.

CLAUDIO.

Ce sera donc ma porte en personne qui te la fera, aimable croupier de roulette, si tu t'avises de la consulter.

OCTAVE.

C'est ce dont je ne me soucie guère, chère sentence de mort; je vivrai heureux sans cela.

CLAUDIO.

Puisses-tu le faire en repos, cher cornet de passe-dix! je te souhaite mille prospérités.

OCTAVE.

Rassure-toi sur ce sujet, cher verrou de prison! je dors tranquille comme une audience.

Sortent Claudio et Tibia.

OCTAVE, seul.

Il me semble que voilà Cœlio qui s'avance de ce côté. Cœlio! Cœlio! A qui diable en a-t-il?

Entre Cœlio.

Sais-tu, mon cher ami, le beau tour que

nous joue ta princesse? elle a tout dit à son mari!

COELIO.

Comment le sais-tu?

OCTAVE.

Par la meilleure de toutes les voies possibles. Je quitte à l'instant Claudio. Marianne nous fera fermer la porte au nez, si nous nous avisons de l'importuner davantage.

COELIO.

Tu l'as vue tout-à-l'heure; que t'avait-elle dit?

OCTAVE.

Rien qui pût me faire pressentir cette douce nouvelle; rien d'agréable, cependant. Tiens, Cœlio, renonce à cette femme. Holà! un second verre!

COELIO.

Pour qui?

OCTAVE.

Pour toi. Marianne est une bégueule; je ne sais trop ce qu'elle m'a dit ce matin, je suis resté comme une brute sans pouvoir lui répondre. Allons! n'y pense plus; voilà qui est convenu; et que le ciel m'écrase si je lui adresse jamais la parole. Du courage, Cœlio, n'y pense plus.

COELIO.

Adieu, mon cher ami.

OCTAVE.

Où vas-tu ?

COELIO.

J'ai affaire en ville ce soir.

OCTAVE.

Tu as l'air d'aller te noyer. Voyons, Cœlio, à quoi penses-tu ? Il y d'autres Mariannes sous le ciel. Soupons ensemble, et moquons-nous de cette Marianne-là.

COELIO.

Adieu, adieu, je ne puis m'arrêter plus longtemps. Je te verrai demain, mon ami.

Il sort.

OCTAVE.

Cœlio ! Ecoute donc ! nous te trouverons une Marianne bien gentille, douce comme un agneau, et n'allant point à vêpres surtout ! Ah ! les maudites cloches ! quand auront-elles fini de me mener en terre ?

LE GARÇON, rentrant.

Monsieur, la demoiselle rousse n'est point

à sa fenêtre; elle ne peut se rendre à votre invitation.

OCTAVE.

La peste soit de tout l'univers! Est-il donc décidé que je souperai seul aujourd'hui? La nuit arrive en poste; que diable vais-je devenir? Bon! bon! ceci me convient.

Il boit.

Je suis capable d'ensevelir ma tristesse dans ce vin, ou du moins ce vin dans ma tristesse. Ah! ah! les vêpres sont finies; voici Marianne qui revient.

Entre Marianne.

MARIANNE.

Encore ici, seigneur Octave? et déjà à table? C'est un peu triste de s'enivrer tout seul.

OCTAVE.

Le monde entier m'a abandonné; je tâche d'y voir double, afin de me servir à moi-même de compagnie.

MARIANNE.

Comment! pas un de vos amis, pas une de vos maîtresses, qui vous soulage de ce fardeau terrible, la solitude?

OCTAVE.

Faut-il vous dire ma pensée? J'avais envoyé

chercher une certaine Rosalinde, qui me sert de maîtresse; elle soupe en ville comme une personne de qualité.

MARIANNE.

C'est une fâcheuse affaire sans doute, et votre cœur en doit ressentir un vide effroyable.

OCTAVE.

Un vide que je ne saurais exprimer, et que je communique en vain à cette large coupe. Le carillon des vêpres m'a fendu le crâne pour toute l'après-dînée.

MARIANNE.

Dites-moi, cousin, est-ce du vin à quinze sous la bouteille que vous buvez?

OCTAVE.

N'en riez pas; ce sont les larmes de Christ en personne.

MARIANNE.

Cela m'étonne que vous ne buviez pas du vin à quinze sous; buvez-en, je vous en supplie.

OCTAVE.

Pourquoi en boirais-je, s'il vous plaît?

MARIANNE.

Goûtez-en ; je suis sûre qu'il n'y a aucune différence avec celui-là.

OCTAVE.

Il y en a une aussi grande qu'entre le soleil et une lanterne.

MARIANNE.

Non, vous dis-je, c'est la même chose.

OCTAVE.

Dieu m'en préserve! Vous moquez-vous de moi ?

MARIANNE.

Vous trouvez qu'il y a une grande différence?

OCTAVE.

Assurément.

MARIANNE.

Je croyais qu'il en était du vin comme des femmes. Une femme n'est-elle pas aussi un vase précieux, scellé comme ce flacon de cristal? Ne renferme-t-elle pas une ivresse grossière ou divine, selon sa force et sa valeur? Et n'y a-t-il pas parmi elles le vin du peuple et les larmes du Christ? Quel misérable cœur est-ce donc que le vôtre, pour que vos lèvres lui fassent la leçon? Vous ne boiriez pas le vin que boit le peuple; vous aimez les femmes qu'il aime; l'esprit généreux et poétique de ce flacon doré, ces sucs merveilleux que la lave du Vésuve a cuvés sous son ardent soleil, vous conduiront chancelant et sans force dans les bras d'une fille de joie; vous rougiriez de boire un vin grossier; votre gorge se soulèverait. Ah! vos lèvres sont délicates, mais votre cœur s'enivre à bon marché. Bonsoir, cousin; puisse Rosalinde rentrer ce soir chez elle.

OCTAVE.

Deux mots, de grâce, belle Marianne, et ma réponse sera courte. Combien de temps pensez-vous qu'il faille faire la cour à la bouteille que vous voyez pour obtenir ses faveurs? Elle est, comme vous dites, toute pleine d'un esprit céleste, et le vin du peuple lui ressemble aussi peu qu'un paysan à son seigneur. Cependant regardez comme elle se laisse faire! — Elle n'a reçu, j'imagine, aucune éducation, elle n'a aucun principe; voyez comme elle est bonne fille! Un mot a suffi pour la faire sortir du couvent; toute poudreuse encore, elle s'en est échappée pour me donner un quart-d'heure d'oubli, et mourir. Sa couronne virginale, empourprée de cire odorante, est aussitôt tombée en poussière, et, je ne puis vous le cacher, elle a failli passer tout entière sur mes lèvres dans la chaleur de son premier baiser.

MARIANNE.

Êtes-vous sûr qu'elle en vaut davantage? Et si vous êtes un de ses vrais amans, n'iriez-vous pas, si la recette en était perdue, en chercher la dernière goutte jusque dans la bouche du volcan?

OCTAVE.

Elle n'en vaut ni plus ni moins. Elle sait qu'elle est bonne à boire et qu'elle est faite pour être bue. Dieu n'en a pas caché la source au sommet d'un pic inabordable, au fond d'une caverne profonde : il l'a suspendue en grappes dorées au bord de nos chemins; elle y fait le métier des courtisanes; elle y effleure la main du passant; elle y étale aux rayons du soleil sa gorge rebondie, et toute une cour d'abeilles et de frelons murmure autour d'elle matin et soir. Le voyageur dévoré de soif peut se coucher sous ses rameaux verts : jamais elle ne l'a laissé languir, jamais elle ne lui a refusé les douces larmes dont son cœur est plein. Ah ! Marianne, c'est un don fatal que la beauté ! — La sagesse dont elle se vante est sœur de l'avarice, et il y a plus de miséricorde dans le ciel pour ses faiblesses que pour sa cruauté. Bonsoir, cousine ; puisse Cœlio vous oublier !

Il rentre dans l'auberge, et Marianne dans sa maison.

Scène deuxième.

Une autre rue.

COELIO, CIUTA.

CIUTA.

Seigneur Cœlio, défiez-vous d'Octave. Ne vous a-t-il pas dit que la belle Marianne lui avait fermé sa porte ?

COELIO.

Assurément. — Pourquoi m'en défierais-je ?

CIUTA.

Tout-à-l'heure, en passant dans sa rue, je l'ai vu en conversation avec elle sous une tonnelle couverte.

COELIO.

Qu'y a-t-il d'étonnant à cela ? Il aura épié ses démarches et saisi un moment favorable pour lui parler de moi.

CIUTA.

J'entends qu'ils se parlaient amicalement et comme gens qui sont de bon accord ensemble.

COELIO.

En es-tu sûre, Ciuta ? Alors je suis le plus heureux des hommes ; il aura plaidé ma cause avec chaleur.

CIUTA.

Puisse le ciel vous favoriser !

Elle sort.

COELIO.

Ah ! que je fusse né dans le temps des tournois et des batailles ! Qu'il m'eût été permis de porter les couleurs de Marianne et de les teindre de mon sang ! Qu'on m'eût donné un rival à combattre, une armée entière à défier ! Que le sacrifice de ma vie eût pu lui être utile ! Je sais agir, mais je ne puis parler. Ma langue ne sert point mon cœur, et je mourrai sans m'être fait comprendre, comme un muet dans une prison.

Il sort.

Scène troisième.

Chez Claudio.

CLAUDIO, MARIANNE.

CLAUDIO.

Pensez-vous que je sois un mannequin, et que je me promène sur la terre pour servir d'épouvantail aux oiseaux ?

MARIANNE.

D'où vous vient cette gracieuse idée?

CLAUDIO.

Pensez-vous qu'un juge criminel ignore la valeur des mots, et qu'on puisse se jouer de sa crédulité, comme de celle d'un danseur ambulant?

MARIANNE.

A qui en avez-vous ce soir?

CLAUDIO.

Pensez-vous que je n'ai pas entendu vos propres paroles : Si cet homme ou son ami se présente à ma porte, qu'on la lui fasse fermer? et croyez-vous que je trouve convenable de vous voir converser librement avec lui sous une tonnelle, lorsque le soleil est couché?

MARIANNE.

Vous m'avez vue sous une tonnelle?

CLAUDIO.

Oui, oui, de ces yeux que voilà, sous la tonnelle d'un cabaret! La tonnelle d'un cabaret n'est point un lieu de conversation pour la femme d'un magistrat, et il est inutile de faire fermer sa porte, quand on se renvoie le dé en plein air avec si peu de retenue.

MARIANNE.

Depuis quand m'est-il défendu de causer avec un de vos parens ?

CLAUDIO.

Quand un de mes parens est un de vos amans, il est fort bien fait de s'en abstenir.

MARIANNE.

Octave ! un de mes amans ? Perdez-vous la tête ? Il n'a de sa vie fait la cour à personne.

CLAUDIO.

Son caractère est vicieux. — C'est un coureur de tabagies.

MARIANNE.

Raison de plus pour qu'il ne soit pas, comme vous dites fort agréablement, *un de mes amans*. — Il me plaît de parler à Octave sous la tonnelle d'un cabaret.

CLAUDIO.

Ne me poussez pas à quelque fâcheuse extrémité par vos extravagances, et réfléchissez à ce que vous faites.

MARIANNE.

A quelle extrémité voulez-vous que je vous

pousse? Je suis curieuse de savoir ce que vous feriez.

CLAUDIO.

Je vous défendrais de le voir, et d'échanger avec lui aucune parole, soit dans ma maison, soit dans une maison tierce, soit en plein air.

MARIANNE.

Ah! ah! vraiment! Voilà qui est nouveau! Octave est mon parent tout autant que le vôtre; je prétends lui parler quand bon me semblera, en plein air ou ailleurs, et dans cette maison, s'il lui plaît d'y venir.

CLAUDIO.

Souvenez-vous de cette dernière phrase que vous venez de prononcer. Je vous ménage un châtiment exemplaire, si vous allez contre ma volonté.

MARIANNE.

Trouvez bon que j'aille d'après la mienne, et ménagez-moi ce qui vous plaît. Je m'en soucie comme de cela.

CLAUDIO.

Marianne, brisons cet entretien. Ou vous sentirez l'inconvenance de s'arrêter sous une tonnelle, ou vous me réduirez à une violence qui répugne à mon habit.

Il sort.

MARIANNE, seule.

Holà! quelqu'un!

Un domestique entre.

Voyez-vous là-bas dans cette rue ce jeune homme assis devant une table, sous cette tonnelle? Allez lui dire que j'ai à lui parler, et qu'il prenne la peine d'entrer dans ce jardin.

Le domestique sort.

Voilà qui est nouveau! Pour qui me prend-on? Quel mal y a-t-il donc? Comment suis-je donc faite aujourd'hui? Voilà une robe affreuse. Qu'est-ce que cela signifie? — Vous me réduirez à la violence! Quelle violence? Je voudrais que ma mère fût là. Ah, bah! elle est de son avis, dès qu'il dit un mot. J'ai une envie de battre quelqu'un!

Elle renverse les chaises.

Je suis bien sotte en vérité! Voilà Octave qui vient. — Je voudrais qu'il le rencontrât. — Ah! c'est donc là le commencement? On me l'avait prédit. — Je le savais. — Je m'y attendais! Patience, patience. Il me ménage un châtiment! Et lequel, par hasard! Je voudrais bien savoir ce qu'il veut dire!

Entre Octave.

Asseyez-vous, Octave, j'ai à vous parler.

OCTAVE.

Où voulez-vous que je m'asseoie? Toutes les chaises sont les quatre fers en l'air. — Que vient-il donc de se passer ici?

MARIANNE.

Rien du tout.

OCTAVE.

En vérité, cousine, vos yeux disent le contraire.

MARIANNE.

J'ai réfléchi à ce que vous m'avez dit sur le compte de votre ami Cœlio. Dites-moi, pourquoi ne s'explique-t-il pas lui-même?

OCTAVE.

Par une raison assez simple. — Il vous a écrit, et vous avez déchiré ses lettres. Il vous a envoyé quelqu'un, et vous lui avez fermé la bouche. Il vous a donné des concerts, vous l'avez laissé dans la rue. Ma foi, il s'est donné au diable, et on s'y donnerait à moins.

MARIANNE.

Cela veut dire qu'il a songé à vous?

OCTAVE.

Oui.

MARIANNE.

Eh bien ! parlez-moi de lui.

OCTAVE.

Sérieusement ?

MARIANNE.

Oui, oui, sérieusement. Me voilà. J'écoute.

OCTAVE.

Vous voulez rire ?

MARIANNE.

Quel pitoyable avocat êtes-vous donc ? Parlez, que je veuille rire ou non.

OCTAVE.

Que regardez-vous à droite et à gauche ? En vérité, vous êtes en colère.

MARIANNE.

Je veux prendre un amant, Octave..., sinon un amant, du moins un cavalier. Qui me conseillez-vous ? Je m'en rapporte à votre choix : — Cœlio ou tout autre, peu m'importe ; — dès demain, — dès ce soir, — celui qui aura la fantaisie de chanter sous mes fenêtres trouvera ma porte entr'ouverte. Eh bien ! vous ne parlez pas? Je vous dis que je prends un amant. Tenez, voilà mon écharpe en gage : — qui vous voudrez, la rapportera.

OCTAVE.

Marianne! quelle que soit la raison qui a pu vous inspirer une minute de complaisance, puisque vous m'avez appelé, puisque vous consentez à m'entendre, au nom du ciel, restez la même une minute encore, permettez-moi de vous parler!

Il se jette à genoux.

MARIANNE.

Que voulez-vous me dire?

OCTAVE.

Si jamais homme au monde a été digne de vous comprendre, digne de vivre et de mourir pour vous, cet homme est Cœlio. Je n'ai jamais valu grand' chose, et je me rends cette justice, que la passion dont je fais l'éloge trouve un misérable interprète. Ah! si vous saviez sur quel autel sacré vous êtes adorée comme un dieu! Vous, si belle, si jeune, si pure encore, livrée à un vieillard qui n'a plus de sens, et qui n'a jamais eu de cœur! Si vous saviez quel trésor de bonheur, quelle mine féconde repose en vous ! en lui ! dans cette fraîche aurore de jeunesse, dans cette rosée céleste de la vie, dans ce premier accord de deux âmes jumelles ! Je ne vous parle pas de sa souffrance, de cette douce et triste mélancolie qui ne s'est jamais lassée de vos rigueurs, et qui en mourrait sans se plaindre. Oui, Marianne, il en mourra. Que puis-je vous dire? qu'inventerais-je pour donner à mes paroles la force qui leur manque? Je ne sais pas le langage de l'amour. Regardez dans votre âme; c'est elle qui peut vous parler de la sienne. Y a-t-il un pouvoir capable de vous toucher? Vous qui savez supplier Dieu, existe-t-il une prière qui puisse rendre ce dont mon cœur est plein?

MARIANNE.

Relevez-vous, Octave. En vérité, si quelqu'un entrait ici, ne croirait-on pas, à vous entendre, que c'est pour vous que vous plaidez?

OCTAVE.

Marianne! Marianne! au nom du ciel, ne souriez pas! ne fermez pas votre cœur au premier éclair qui l'ait peut-être traversé! Ce caprice de bonté, ce moment précieux va s'évanouir. — Vous avez prononcé le nom de Cœlio; vous avez pensé à lui, dites-vous. Ah! si c'est une fantaisie, ne me la gâtez pas. — Le bonheur d'un homme en dépend.

MARIANNE.

Êtes-vous sûr qu'il ne me soit pas permis de sourire?

OCTAVE.

Oui, vous avez raison; je sais tout le tort que mon amitié peut faire. Je sais qui je suis, je le sens; un pareil langage dans ma bouche a l'air d'une raillerie. Vous doutez de la sincérité de mes paroles; jamais peut-être je n'ai senti avec plus d'amertume qu'en ce moment le peu de confiance que je puis inspirer.

MARIANNE.

Pourquoi cela? vous voyez que j'écoute. Cœlio me déplaît; je ne veux pas de lui. Parlez-moi de quelque autre, de qui vous voudrez. Choisissez-moi dans vos amis un cavalier digne de moi; envoyez-le-moi, Octave. Vous voyez que je m'en rapporte à vous.

OCTAVE.

O femme trois fois femme! Cœlio vous déplaît, — mais le premier venu vous plaira. L'homme qui vous aime depuis un mois, qui s'attache à vos pas, qui mourrait de bon cœur sur un mot de votre bouche, celui-là vous déplaît! Il est jeune, beau, riche et digne en tout point de vous; mais il vous déplaît! et le premier venu vous plaira!

MARIANNE.

Faites ce que je vous dis, ou ne me revoyez pas.

Elle sort.

OCTAVE, seul.

Ton écharpe est bien jolie, Marianne, et ton petit caprice de colère est un charmant traité de paix. — Il ne me faudrait pas beaucoup d'orgueil pour le comprendre : un peu de perfidie suffirait. Ce sera pourtant Cœlio qui en profitera.

Il sort.

Scène quatrième.

—

Chez Cœlio.

—

CŒLIO, *un domestique.*

CŒLIO.

Il est en bas, dites-vous? Qu'il monte. Pourquoi ne le faites-vous pas monter sur-le-champ?

Entre Octave.

Eh bien! mon ami, quelle nouvelle?

OCTAVE.

Attache ce chiffon à ton bras droit, Cœlio; prends ta guitare et ton épée. — Tu es l'amant de Marianne.

CŒLIO.

Au nom du ciel, ne te ris pas de moi.

OCTAVE.

La nuit est belle; — la lune va paraître à l'horizon. Marianne est seule, et sa porte est entr'ouverte. Tu es un heureux garçon, Cœlio.

COELIO.

Est-ce vrai? — est-ce vrai? Ou tu es ma vie, Octave, ou tu es sans pitié.

OCTAVE.

Tu n'es pas encore parti? Je te dis que tout est convenu. Une chanson sous la fenêtre; cache-toi un peu le nez dans ton manteau, afin que les espions du mari ne te reconnaissent pas. Sois sans crainte, afin qu'on te craigne; et si elle résiste, prouve-lui qu'il est un peu tard.

COELIO.

Ah! mon Dieu, le cœur me manque.

OCTAVE.

Et à moi aussi, car je n'ai dîné qu'à moitié. — Pour récompense de mes peines, dis en sortant qu'on me monte à souper.

Il s'asseoit.

As-tu du tabac turc? Tu me retrouveras probablement ici demain matin. Allons, mon ami, en route! tu m'embrasseras en revenant. En route! en route! la nuit s'avance.

Cœlio sort.

OCTAVE, seul.

Ecris sur tes tablettes, Dieu juste, que cette nuit doit m'être comptée dans ton paradis.

Est-ce bien vrai que tu as un paradis? En vérité cette femme était belle et sa petite colère lui allait bien. D'où venait-elle? c'est ce que j'ignore. Qu'importe comment la bille d'ivoire tombe sur le numéro que nous avons appelé? Souffler une maîtresse à son ami, c'est une rouerie trop commune pour moi. Marianne ou toute autre, qu'est-ce que cela me fait? La véritable affaire est de souper; il est clair que Cœlio est à jeun. Comme tu m'aurais détesté, Marianne, si je t'avais aimée! comme tu m'aurais fermé ta porte! comme ton bélitre de mari t'aurait paru un Adonis, un Sylvain, en comparaison de moi! Où est donc la raison de tout cela? pourquoi la fumée de cette pipe va-t-elle à droite plutôt qu'à gauche? Voilà la raison de tout. — Fou! trois fois fou à lier, celui qui calcule ses chances, qui met la raison de son côté! La justice céleste tient une balance dans ses mains. La balance est parfaitement juste, mais tous les poids sont creux. Dans l'un il y a une pistole, dans l'autre un soupir amoureux, dans celui-là une migraine, dans celui-ci il y a le temps qu'il fait, et toutes les actions humaines s'en vont de haut en bas selon ces poids capricieux.

UN DOMESTIQUE, *entrant.*

Monsieur, voilà une lettre à votre adresse; elle est si pressée que vos gens l'ont apportée ici; on a recommandé de vous la remettre, en quelque lieu que vous fussiez ce soir.

OCTAVE.

Voyons un peu cela.

Il lit.

« Ne venez pas ce soir. Mon mari a entouré » la maison d'assassins, et vous êtes perdu s'ils » vous trouvent. MARIANNE. »

Malheureux que je suis! qu'ai-je fait? Mon manteau! mon chapeau! Dieu veuille qu'il soit encore temps! Suivez-moi, vous, et tous les domestiques qui sont debout à cette heure. Il s'agit de la vie de votre maître.

Il sort en courant.

Scène cinquième.

—

Le jardin de Claudio. Il est nuit.

—

CLAUDIO, DEUX SPADASSINS, TIBIA.

CLAUDIO.

Laissez-le entrer, et jetez-vous sur lui dès qu'il sera parvenu à ce bosquet.

TIBIA.

Et s'il entre par l'autre côté?

CLAUDIO.

Alors, attendez-le au coin du mur.

UN SPADASSIN.

Oui, monsieur.

TIBIA.

Le voilà qui arrive. Tenez, monsieur. Voyez comme son ombre est grande! c'est un homme d'une belle stature.

CLAUDIO.

Retirons-nous à l'écart, et frappons quand il en sera temps.

Entre Cœlio.

COELIO, frappant à la jalousie.

Marianne, Marianne, êtes-vous là?

MARIANNE, paraissant à la fenêtre.

Fuyez, Octave; vous n'avez donc pas reçu ma lettre?

COELIO.

Seigneur mon Dieu! quel nom ai-je entendu?

MARIANNE.

La maison est entourée d'assassins; mon mari vous a vu entrer ce soir; il a écouté notre conversation, et votre mort est certaine, si vous restez une minute encore.

COELIO.

Est-ce un rêve? suis-je Cœlio?

MARIANNE.

Octave, Octave, au nom du ciel, ne vous arrêtez pas. Puisse-t-il être encore temps de vous échapper! Demain, trouvez-vous, à midi, dans un confessionnal de l'église, j'y serai.

La jalousie se referme.

COELIO.

O mort! puisque tu es là, viens donc à mon secours. Octave, traître Octave, puisse mon sang retomber sur toi! Puisque tu savais quel sort m'attendait ici, et que tu m'y as envoyé à ta place, tu seras satisfait dans ton désir. O mort! je t'ouvre les bras; voici le terme de mes maux.

Il sort. On entend des cris étouffés et un bruit éloigné dans le jardin.

OCTAVE, en dehors.

Ouvrez, ou j'enfonce les portes.

CLAUDIO, ouvrant, son épée sous le bras.

Que voulez-vous?

OCTAVE.

Où est Cœlio?

CLAUDIO.

Je ne pense pas que son habitude soit de coucher dans cette maison.

OCTAVE.

Si tu l'as assassiné, Claudio, prends garde à toi; je te tordrai le cou de ces mains que voilà.

CLAUDIO.

Êtes-vous fou ou somnambule?

OCTAVE.

Ne l'es-tu pas, toi-même, pour te promener à cette heure, ton épée sous le bras?

CLAUDIO.

Cherchez dans ce jardin, si bon vous semble; je n'y ai vu entrer personne; et si quelqu'un l'a voulu faire, il me semble que j'avais le droit de ne pas lui ouvrir.

OCTAVE, à ses gens.

Venez, et cherchez partout.

CLAUDIO, bas à Tibia.

Tout est-il fini, comme je l'ai ordonné?

TIBIA.

Oui, monsieur; soyez en repos, ils peuvent chercher tant qu'ils voudront.

Tous sortent.

Scène sixième.

Un cimetière.

OCTAVE *et* MARIANNE, *auprès d'un tombeau.*

OCTAVE.

Moi seul au monde je l'ai connu. Cette urne d'albâtre, couverte de ce long voile de deuil, est sa parfaite image. C'est ainsi qu'une douce mélancolie voilait les perfections de cette âme tendre et délicate. Pour moi seul, cette vie silencieuse n'a point été un mystère. Les longues soirées que nous avons passées ensemble sont comme de fraîches oasis dans un désert aride; elles ont versé sur mon cœur les seules gouttes de rosée qui y soient jamais tombées. Cœlio était la bonne partie de moi-même; elle est remontée au ciel avec lui. C'était un homme d'un autre temps; il connaissait les plaisirs, et leur préférait la solitude; il savait combien les illusions sont trompeuses, et il préférait ses illusions à la réalité. Elle eût été heureuse, la femme qui l'eût aimé.

MARIANNE.

Ne serait-elle point heureuse, Octave, la femme qui t'aimerait?

OCTAVE.

Je ne sais point aimer; Cœlio seul le savait. La cendre que renferme cette tombe est tout ce que j'ai aimé sur la terre, tout ce que j'aimerai. Lui seul savait verser dans une autre âme toutes les sources de bonheur qui reposaient dans la sienne. Lui seul était capable d'un dévoûment sans bornes ; lui seul eût consacré sa vie entière à la femme qu'il aimait, aussi facilement qu'il aurait bravé la mort pour elle. Je ne suis qu'un débauché sans cœur; je n'estime point les femmes; l'amour que j'inspire est comme celui que je ressens, l'ivresse passagère d'un songe. Je ne sais pas les secrets qu'il savait. Ma gaîté est comme le masque d'un histrion; mon cœur est plus vieux qu'elle, mes sens blasés n'en veulent plus. Je ne suis qu'un lâche; sa mort n'est point vengée.

MARIANNE.

Comment aurait-elle pu l'être, à moins de risquer votre vie? Claudio est trop vieux pour accepter un duel, et trop puissant dans cette ville pour rien craindre de vous.

OCTAVE.

Cœlio m'aurait vengé si j'étais mort pour lui, comme il est mort pour moi. Ce tombeau m'appartient : c'est moi qu'ils ont étendu sous cette froide pierre; c'est pour moi qu'ils avaient aiguisé leurs épées; c'est moi qu'ils ont tué. Adieu la gaîté de ma jeunesse, l'insouciante folie, la vie libre et joyeuse au pied du Vésuve! adieu les bruyans repas, les causeries du soir, les sérénades sous les balcons dorés! adieu Naples et ses femmes, les mascarades à la lueur des torches, les longs soupers à l'ombre des forêts! adieu l'amour et l'amitié! ma place est vide sur la terre.

MARIANNE.

Mais non pas dans mon cœur, Octave. Pourquoi dis-tu : Adieu l'amour?

OCTAVE.

Je ne vous aime pas, Marianne; c'était Cœlio qui vous aimait.

FIN.

Table.

FIN DU TOME PREMIER.